留住所有时间变美好

伊心/著

中國華僑出版社

图书在版编目（CIP）数据

留住所有时间变美好 / 伊心著. —北京：中国华侨出版社，2017.3

ISBN 978-7-5113-6698-6

Ⅰ.①留… Ⅱ.①伊… Ⅲ.①随笔—作品集—中国—当代 Ⅳ.①I267.1

中国版本图书馆CIP数据核字（2017）第039257号

留住所有时间变美好

著　　者：伊　心
出 版 人：方　鸣
责任编辑：泰　然
封面设计：仙境书品
经　　销：新华书店
开　　本：880mm×1270mm　1/32　印张：8.75　字数：216千字
印　　刷：北京慧美印刷有限公司
版　　次：2017年5月第1版　　2017年5月第1次印刷
书　　号：ISBN 978-7-5113-6698-6
定　　价：36.80元

中国华侨出版社 北京市朝阳区静安里26号通成达大厦3层 邮编：100028
法律顾问：陈鹰律师事务所
发 行 部：（010）82068999　　传真：（010）82069000
网　　址：www.oveaschin.com
E-mail：oveaschin@sina.com

如发现图书质量问题，可联系调换。质量投诉电话：010-82069336

谨以此书送给我的爸爸

感谢你给我的血脉、养育和深情

目录 CONTENTS

PART 2 没有什么比取悦自己更重要

PART 3 那些不是公主的女孩，她们最后都去哪儿啦

PART 4 除了爱，一切都是妄言

序

我知道你的未来一片光明，而我对此迫不及待

1.

很高兴我们又见面了。

我是伊心，你是谁呢？

你是不是也在自己喜欢的城市，做着喜欢的事情，爱着喜欢的人呢？

谢谢你愿意翻开这本书，它的大部分文字写于 2016 年。

过年时开足了马力，狂写了三五万字，过往浮云，通通都有了祭奠。

后来上班，每次开着漫长的百无聊赖的会，在纸上写下“取悦自己比什么都重要”。像突然被上帝点了下脑门儿，我终于学会了该

怎么活着。

你比别人都重要，你根本没必要为了别人活着。

你特别好，不用在意别人的眼光。

一定要成为那个连自己都很爱的人啊。

这么简单的道理，我却花了那么多年才学会。

以前不喜欢自己，觉得别人都是仙女，只有自己不好看。写的东西不好，喜欢的人也不太喜欢我，千方百计费尽力气想要去讨好每一个人。

后来才明白，其实你，也是个仙女啊。

过得失落压抑，还是过得风生水起，都是一个人的选择。

2016 年，我选择了风生水起，尽管还是待在疲惫的工作里，尽管现实生活还是有无数的不如意。

2.

这一年陆陆续续去了很多座城市，把大半美妙的周末和假期都花在了路上。

2016 年的第一个周末，我兴高采烈地一个人跑去泡温泉。去得早，人又少，温水清澈如山泉。

从零下近 10 摄氏度的寒冬室外，扎进热气腾腾的露天温泉。

氤氲的雾气里，喝一杯冰果汁，无人闲聊，无人寒暄。耳边响起的，是里尔克的诗："谁此时没有房屋，就永远不必建筑；谁此时孤独，就永远孤独。"

我一个人，带着好似千军万马的灵魂。

3 月的第一个周末在北京，我和好友为了帮他在微信运动里刷到第一名的步数，走了很久很久的路。幸好在那之前，我吃到了最好吃的麻辣香锅，要不这一路真是要累死了。

第一次路过望京 SOHO，像一个闪闪发光的小星球。很多人把梦埋在北京，而我从未抵达。

我们不是北漂，但我们都漂在自己的梦里。

所以你也半夜三更、枕着城市流光溢彩的夜色苏醒，我也心无旁骛、闷头跑向一个又一个新的黎明。

那一刻，我们都是同样的人，不管在北上广，还是在故乡。

3 月的第二个周末在南京，住在秦淮河边的青旅，清晨醒来，似乎能听到若有若无的水声。

4 月回了徐州，这个城市，就像故乡，从不说“去”，只说“回”。

每次都说回，说的时候心意了然，知道这是家，而家，永远是能回得去的。

徐州有我的大学母校，那四年变成了我最好的精神养料。在那之后，不管我走到哪里，遇见怎样扑朔迷离的困境，我总能想起那个它塑造的 18 岁的女孩。

那个女孩，可以走向任何她想去的地方。

3.

5 月终于去了绍兴。

绍兴一直在我的心愿清单里，莫名迷恋。

鲁迅的文章几次三番要从教科书上撤下，新的一代永远不懂我们对于他的亲近。我九岁那年躺在暑假闷热的小床上看他的小说《铸剑》，看得心下寒凉。文艺的深刻，文学的深情，是他教的。

无奈去的那天大雨滂沱。我真是个不喜欢下雨的人啊，除非下雨的时候可以躲在家里，躺在床上，那时候的雨声才是动听的。

那天也出奇地冷，带了最单薄的衣服，踩在雨中整个鞋子都湿透了。

从绍兴站去鲁迅故居的时候，我一边打着哆嗦，一边在车上忍受晕车带来的极度恶心和不适。后来终于没忍住，急匆匆下了车，蹲在路边准备吐出来。

我和绍兴的第一个照面，彼此都很尴尬。

在沈园，雨还是很大。

三三两两的情侣在这个心形水池边拍照。我还是没有爱情，但对一个人的生活仍然心怀热望。

回去的时候，我去绍兴站坐火车。雨终于停了，窗外是绿油油的芭蕉树。

其他地方都是整饬一新的高铁站和凝固的建筑。只有在这里，像久违了的故乡。

回到杭州后又去看了一次西湖，多少人说西湖美妙，可我几次来看都是不散的雾气。倒是九溪和西溪湿地更让我眷恋。

在西湖，我在一汪池水边看到一只绿色的小乌龟紧紧地附在池壁上，看得发呆。

仿佛看到自己，这么多年，始终谨慎、紧张、小心翼翼。只这一年，开心、舒展，再也不顾忌别人眼光。

我就是我，都按自己想要的方式活着。

11 月路过青藏高原，雪在山顶，烈日暴晒下剔透的白让人睁不开双眼。

我在海拔三千多米的旷野上，看到大片大片的云朵飘浮在晶蓝的天空中，周围人都在客车上酣睡，我想大声疾呼，却没人可唤醒，只好无可抑制地悄悄落下热泪。

那是第一次为眼前的风景而流泪，你不知道人生几何，而这一秒，悠然千古，我不再是“一个人”，我是这天地的一部分。

人人都说佳期如梦，可之前的我觉得人生尴尬的时候多，无聊的时候更多，所以那竟然是我第一次觉得，如此佳期，如此似梦，活着真好。

我还能看最蓝的天，最白的云，走最远的路，流最滚烫的泪。

4.

这一路，也晕车也狂吐，也被高原烈日暴晒所伤，也有“累死了不出去了，这周末就在床上躺着好了”的时候，但大多数的时候，我愿意随手装上几件衣服、化妆包走向新的旅程。

异乡的山山水水也许并不比此处好，但我对“独自上路”习以为常，并沉迷深爱。

赚了钱很开心的时候，我跑到另一个城市去听一场很小众的演唱会；没赚到钱很不开心的时候，我也跑到另一个城市，跟自己说，你看这花花世界，美好的地方都想去，美好的事物都想买下，还是要努力啊努力啊。

就像《生活大爆炸》里的那句台词："我们可以一路向前，绝无意外，绝不后悔。"

有一天，夜半和老友开了清酒畅谈。

我们认识了十几年了，她见过我高中最胖的时候，我见过她所有的前任，我们也都见过彼此哭得大鼻涕泡挂在脸上的样子。

半醉微醺时，我说："你知道吗？我觉得这是我一生中最好的时光。"

她说："是因为你终于能穿上最瘦的衣服了吗？"

我说："是因为我终于可以去到任何地方了。"

长大真好，而现在是我有生以来最好的时光。

我再也不是那个困守一处、为着眼前的鸡毛蒜皮无助哭泣的少女了。

当然，眼前还是有鸡毛蒜皮，但我不会再为它们哭。

我狠狠地碾过去，然后笑着回头。

谁都打败不了我。

我猜你也是这样吧。谁都打败不了你，而你正在度过最好的时光。

5.

最后，送我最喜欢的两句台词给你：

"我知道你的未来一片光明，我们对此迫不及待。"

愿遇见这本书的你，未来一片光明。

而我，对此迫不及待。

只要一息尚存，就一定要战斗下去

| PART 1 |

真正的青春始于那个夏天

河流能改道，彗星可坠落，人的命运也一样，从来没有被“永久决定”的那一刻。

在我们迄今为止度过的好像并不那么漫长的人生里，很奇怪吧，所有刻骨铭心的时刻好像都发生在夏天。

从一所学校走向另一所学校，从一个城市走向另一个城市，连带着走向一场又一场迥异的人生。毕业带来告别，升学和工作带来新的境遇，炎热爆裂的天气让所有年轻的心反复煎熬却仍蠢蠢欲动，无惧无畏还是不知所终。

所有的夏天里，有一个最为刻骨铭心，因为它的日历上，有两天被浓墨重彩地标红，只被郑重其事地写着两个字——高考。

十年前，我和哥哥高考，6 月还没到盛夏，但天气已经那么燥热、那么难挨。

哥哥成绩不错，老师说虽然无法预测他能考到哪所学校，但考上一所“985”的学校是肯定的。可他却在最后的这场战役中败北了，只考出了一个刚超过二本线的分数。

哥哥是个很懂事的人，没怎么在家人面前表现出难过。这个让人压抑的发挥失误，说到底也是冷暖自知的事情。十年寒窗，只为最后一刻，偏偏所有的努力都付诸东流。

最终，他只得选择了一所省内都不太知名的医学院。

我的成绩差强人意，最后的分数和平时倒无多大分别。可我一门心思想去学中文，所有的烦恼在于父母怎么都不许可。他们觉得以我的分数上不了名校的中文系，而一般学校的中文系，很难让人对就业前景有乐观的期待。他们面前摆着一张报纸，上面列数最难就业的十个专业，其中排在第一的就是中文。

我最终还是听从他们的意愿，选了金融学——它是最容易就业的几个专业里面同样排在第一的那一个。

对于彼时的哥哥和我，那个夏天漫长得有些过分了。除却终于释放掉苦读十二年的压力，于我们而言，更多的却不是轻松，而是庞大得好像无处脱身的茫然——我将成为什么样的人？走向怎样的人生？我的未来是不是将被一所大学、一个专业所“圈养”？我将去哪里工作，在哪个陌生抑或熟悉的城市终老一生？

所有的问题如盛夏时节的蝉鸣一样聒噪，十七八岁的人啊，一早就被命运的无力感狠狠缚住，挣扎困惑，百般思度。

我们也不是一开始就知道“坐等与发呆才不会带来答案”这条几乎受益一生的真理，只是被裹挟着涌入大学的洪流，在所有面目模糊的新生中睁大了眼睛，又慌张地实习，一不小心便仓促地卷入“社会”——被千万人诟病的“残酷”。

在不同的两所大学里，我们好像都做了相同的选择——从“小镇少年”到“小城少年”，那个贫弱的、偏远的故乡带给我们的自卑与胆怯，被我们不约而同地冲刷掉了。

在茫然和懒惰中荒废了大一第一个学期之后，我才决定要彻头彻尾地改变。随后，我参加了演讲比赛、朗诵比赛、征文比赛、大学生创业计划大赛，甚至女孩子似乎不适宜参加的足球赛。在那之前，蔡依林的一句歌词送给我最合适，叫作：“你怎么连话都说不清楚……”在那之后，终于有人愿意听我说说话。从台上最初的佯装从容到真的从容，耗费了台下数年自我对峙与鼓劲的功夫，直到自卑都隐退，胆怯也没了踪迹。

哥哥也不差。那所在外人眼里好像和他原本的成绩不太匹配的学校，他去了，并无芥蒂，很是热爱。他原本就是个阳光开朗的男生，我知道他参加了街舞社团，每每上台，台下女生们的尖叫声便欢快地响在夜晚的晴空。他的青春，一点都没有因为高考的败北而黯淡失色。他在班里的威信很高，老师也厚爱，每次站在领奖台上彬彬有礼的发言其实并没有耗费太多的功夫，那大约是从内心深处积攒的底气，直到自卑都隐退，胆怯也没了踪迹。

我的大学里，还有一个美好的图书馆，窗外就是一片波光粼粼的湖泊。在那所理工院校，文学类的书籍并不多，占了不过几个书架。多少个暮色四合的时刻，窗外安静温柔的水面映照着浅淡的云层，我捋着书架上的名字一本一本往后看，看累了就写点字。我慢慢地爱上了金融学，却始终没有放弃文字。它们是我伤痛时的解药，孤独时的伴侣，困惑、压抑、逃无可逃时，好像写一写就能自我治愈。

哥哥的医学院本科要读五年，所以他比我晚一年读研。一个人最幸运的事，莫过于他的专业和工作便是他的热爱之所在。哥哥很幸运，他爱极了他的专业，也爱极了未来一生将从事的工作。从读研开始，还是学生的他就已经失去了所有的寒假与暑假，他像我在美剧《实习医生格蕾》里看到的那样，匆忙地跟着主治医生兼导师在各个病房里穿梭，工作时间常常超过12个小时。读研三年，他只休过半个月的假期：每年五天，从腊月三十到正月初四。可他还是发自内心地热爱自己的工作，实习之余还发表了几篇SCI论文。疲累不是他的枷锁，却成了他的利剑，每一分、每一秒都挥舞出成长的无限可能。

我没有哥哥那么热爱我的专业，也没有他那么优秀。数学成绩不好的我在经济学的学术道路上吃尽苦头，那三年里，很多个深夜，我还是没有摆脱往日的迷茫。读博还是工作？考哪所学校的博士？去哪个城市工作？在哪个行业工作？一个又一个的问题像冰雹一样砸下来，没有一个答案能在我头顶阴霾密布的天空划开一道斜漏阳光的口子。

幸好，阅读和写作仍然是我的解药，我走了那么久，才知道自己微乎其微的天赋还是在这两件小事儿上。所以我在城市中心某个少有的霓虹熄灭，星光却闪耀起来的夜晚悄悄地对自己说："写下去吧，一直写下去。"

我们等了整整八年，命运才终于给了我们一丝垂怜。

2015 年的夏天，又到了 6 月。这个 6 月，对于我和哥哥来说，好像和八年前一样刻骨铭心。哥哥考入了复旦大学，成为一名医学博士，我们全家都为他欢喜雀跃。如果这所名校是一项肯定和嘉奖，虽然整整晚了八年，但他还是得到了。

我的第一本书也在 2015 年的 6 月正式上市。我仍然没有中文系的学位，但文字还是我生活中不可或缺的一部分，它像八年前我所预想的那样，成为我生命里的盐和喂养灵魂的食粮。我从未忘记它，它也从没有放弃对我的呵护与救赎。

十年前，我们都沉溺于“一考定终生”的泥潭，不知道明天该何去何从。我们以为美好的、炽热的、充满希望的青春至此终结，过去已经无法更改，未来却被死死写定，再也没有什么能弥补那份成绩单上的失误和随后报考志愿书上白底黑字的一切。

没想到，真正的青春却是从那个夏天开始的。十二年寒窗苦读之后，我们没能给自己一张完美的答卷，却在之后的十年里一步一步地走向了自己想要的未来。热烈的、浓郁的风，裹挟着所有年轻的灵魂，飞向自由和五彩斑斓的梦想。

我们不再受困于僵硬的知识和沉闷单调的成绩排名，成功与成长也不再由名次表上的数字决定，有一万种可能性可以带我们抵达自己想要的生活。

我们终于可以决定，每一天该如何度过，每一秒该如何去创造全新的自我。

实际上，高考之后，我们也曾遇到过好多以为会决定命运的夏天，那些夏天都不是午后新雨的蔷薇花和彩虹色，它们闷热、酷旱，甚至让人喘不过气。考研失败被调剂，新入职的公司不尽如人意，刚刚步入的新城市像凶悍的野兽……可是没有一个夏天真正地阻挡我们成为更好的人。

选择、试错、摔倒、爬起……我们走过了相似的弯路，检讨之后在日记本上写下“血泪教训”，可这些弯路只曾在某一个时刻绊住不太稳健的步伐，我们的人生不能被过去所定义，每一天甚至每一秒都有改变未来的无数可能。

河流能改道，彗星可坠落，人的命运也一样，从来没有被“永久决定”的那一刻。

又一个夏天来了，我们又将踏上新的征程。

哥哥还有一年就将博士毕业，他仍然没有时间享受一个轻松的暑假，只顾埋头于浩如烟海的英文文献中。

我也与第一本书告别，开启全新的写作计划，开始写第二本、第三本……散文要一如既往地写下去，还想要尝试写写诗和童话，将脑海中所有美妙的故事铺陈到纸页上。

我们都知道，这一个夏天，又是新的开始了。

那么，只管大踏步地往前走吧。

我们成功在望

是梦，让我们无坚不摧；是爱，让我们比肩而立。

2012年的秋天，雨季出奇地漫长。我和掌雨的天公一样忙碌，实习考证、做导师课题，连在梦里都常被嘟嘟嘟的电话铃声惊醒，常常要熬夜至很晚。

但是，我又和大多数21岁的年轻人一样，日复一日像陀螺一样旋转，却好像从来没有离开原地。遥远的未来看起来五光十色，可眼前却是一窝蜂的糟心的事儿。

每天去实习的公司要坐四十分钟的公交车，恰好够看两集情景喜剧，于是我选了剧照里两个姑娘看起来又酷又跩的《破产姐妹》。晃晃悠悠地抓着踮起脚才勉强够得着的吊环，背景音乐里总是传来哈哈大笑的声音，让我暂时地逃离单调的报站声和晕车的感觉。

那两个姑娘——卡洛琳和麦克斯，原本生活的轨迹完全平行，一个是含着金汤匙出生、毕业于沃顿商学院的富二代，另一个是父亲身份不明、母亲日日酗酒的私生女。她俩的相遇源于一场“破产”。

卡洛琳的父亲因为诈骗锒铛入狱，家产被清空，所以她不得不从纽约的富人区来到布鲁克林的一家小餐馆谋生。从带有豪华浴缸的别墅到破旧如遭打劫了一般的公寓，从富可敌国的名媛到身无分文的餐馆服务员，她几乎失去了上层社会的一切——去瑞士、夏威夷、迪拜度过的美妙假期，好吃得要命的日本料理、名牌衣服以及过去的朋友。就连她的男朋友也在诈骗丑闻爆出之后人间蒸发。

幸好，她没失去二十多年耳濡目染的商战教育，还有富人的思考习惯。

当然，作为情景喜剧的这部美剧，因为其以搞笑为基调、以毒舌为噱头的故事内容，会让人觉得剧情有些夸张。可我还是喜欢卡洛琳。不仅喜欢她在贫民区仍然闪闪发光的金发，还喜欢她的“老派贵族”作风——人前时刻一丝不苟，永远不放弃对高跟鞋的要求。

虽然置身于贫民窟，但卡洛琳始终没忘记她的商业追求。知道麦克斯擅长制作小蛋糕之后，卡洛琳兴致勃勃地向她描绘了一个开蛋糕店的梦想。麦克斯当然不相信——两个服务生的工资哪辈子才能攒够12万美元的开店基金！

可卡洛琳相信。她孜孜不倦地向麦克斯描绘那个梦境中的美好的小店，还做了一块“梦想画板”——上面贴满了她设想中小店的蓝图——挂在家里的墙壁上。

我欣赏卡洛琳的自信，她总说“我的价值被社会低估了”，于是想从最小的生意开始印证自己的价值；也欣赏她的勇敢，因为女性创业总需要一些“厚脸皮”的精神，才能在看似不可能的情况下争取到微乎其微的机会。

当卡洛琳像复读机一样坚定地邀请麦克斯和她一起，一次一次地说“我们成功在望”的时候，我知道原本对生活满不在乎的麦克斯也终于改变了自己的悲观。两个人的追梦之旅，至此才正式开始。

我太喜欢这部情景剧了，大概是因为从她们俩身上看到了我自己。

我那时候也有个梦想清单，列了整整一页看起来如此不切实际的愿望——成为专栏作者、出版一本书……

事实上，我所有的空闲时间都在忙着读读读、写写写。我坐在图书馆的角落里看完了一本又一本的书，丝毫不理会窗外何时换了春光与秋月；在空荡荡的自习室拿着笔记本写字，一点儿都不介意光怪陆离的世界正弃我远去。

但那些字都孤独地藏在我的硬盘里或纸页上，和它们的主人平庸寡淡的青春一样无人阅览。

好运似乎离我那么远，那么远。

卡洛琳和麦克斯也一样。麦克斯在生活里看似毒舌又傲慢，可她从来不敢拿着名片大大方方地去推销自己的小蛋糕。她一贯嬉皮、“怪异”的烘焙样式还被人吐槽得体无完肤。

我的投稿又一次石沉大海时，我看到麦克斯在烘焙课堂上艰难地学着如何在小蛋糕上裱一朵优雅的玫瑰花。

她在困倦的凌晨用了三个小时四十分钟终于裱好了玫瑰花，却在给老师看完、获得了无数双惊讶又欣赏的眼神之后，狠狠地将小蛋糕压瘪在了桌子上，她说：“这根本不是我的风格，我用了三个小时四十分钟来完成它，只是为了向你证明我能做好，但是我根本不喜欢做它。”

好多个日日夜夜里，我打开电脑，新建一个空白的文档，像麦克斯将蛋清搅入面粉一般，期待着手下会出现什么。

有时候我们做的东西一点儿都不好看，不被人喜欢，甚至百般努力也推销不出去。但那又有什么关系呢？在那一个又一个的时间里，我们的灵魂陷入了世界大同般的安稳、平和，我们的思绪化成流光溢彩的星星之火。

这就够了。

山一程，水一程，脚步凌乱的道路上，幸好，她们俩还拥有彼此。

她们的关系，不是闺密，因为麦克斯又毒舌又犀利，总是能打碎别人心中那些飘飘然的肥皂泡。比如当卡洛琳抱怨人生没有好运时，麦克斯说：“生活中没有幸运，只有艰辛。”当卡洛琳沉迷于电影中的情节，不愿面对现实时，麦克斯说：“生活不像电影。有时你不可能立马获得成功，有时你得默默咽下苦果。”

她还说：“总有一天，你要学会泪往心里流。”

所以她们的关系更像是“互补”——你缺失的，我帮你弥补；我遗落的，你替我记起。

第一次辛苦开张的小蛋糕店没撑过半年便仓皇停业时，卡洛琳愤懑难平，发誓再也不想听到关于小蛋糕的一切。可是一觉醒来的清晨，她看到麦克斯像往常一样站在餐桌前往蛋糕上涂抹着奶油，于是质问她：“我们的店已经关门了，你怎么又在做蛋糕？”

麦克斯说："因为这是我生活中唯一固定的习惯，也是我每天用来忘却潜伏在我思绪中那无尽黑暗的方式。"

后来，卡洛琳想要放弃小蛋糕店，去做一份朝九晚五，既有医疗保险又有财务保障的工作，是麦克斯帮她记起了曾经的自己。

麦克斯说："我以前认识一个女孩，她永不言败。可在她第一次失败之后，她吓坏了，她忘了自己是谁，并试图想成为别人。"

所以这才是友情最好的模样吧——一起在追梦的路上携手狂奔，捍卫着彼此心中温柔的角落，互相记得并提醒那个曾经闪闪发光的初心。

最好的友情是我们一起，翻山越岭，栉风沐雨，变成更好的人。

又一个冬天来临的时候，我的几篇文章在各个网站上被转发，成为所谓的"网络热文"，来自千山万水的陌生人走向我，告诉我他们和我一样有着波折的成长旅程，甚至告诉我："伊心，谢谢你，我很喜欢你。"

我的文字不再无人阅览，它们走向四面八方，安慰了无数年轻人和我一样曾经仓皇孤独的心。

收到第四家出版公司邀约出书邮件的那天，我恰好看到新一集里，卡洛琳和麦克斯在餐厅后面的仓库里开启了新的小蛋糕之旅。

那个黑暗、肮脏，堪称"老鼠的巢穴"的陈旧仓库，被她们收拾一新，变成了全新的店铺。

这一次，她们没有宽敞的店面，只有可供两人站立张望的窗口。她们站在那里，近处是被反复吐槽的布鲁克林的寡淡无趣，远处是目不可及却心向往之的曼哈顿。

她们的眼眸里映着流光灿灿的灯河，那河水缓缓流过，像要踏上一个新的旅程。

我看着愿望清单里被缓慢划掉的“出版一本书”那一行，心里如翻涌和奔流的潮水。我知道，自己也将踏上新的旅程了。

后来有人问我：“你是从什么时候开始写东西的？”我想了想，原来是2012年，卡洛琳遇见麦克斯的时候，她们俩一本正经地开始构想一个小蛋糕店的时候。

那之后，我们一起奔向了一个所谓的“梦想”。它让我们在暗沉的黑夜里燃烧，对这世间的漠视避之不见。它让我们失望过、挣扎过、困惑过、难熬过，但它仍然是麦克斯“用以忘记思绪中无尽黑暗的方式”，也是我逃避无穷无尽虚无的方式。

要勇敢地去梦想不可能的事情。要勇敢地往前走。要相信命运会被打碎，要永远心怀希望和热忱。

这是我和她们一起学会的事。

如今，看《破产姐妹》已经四年了，我对简单的场景、无止境的对话仍然从不腻烦，常看常新。

大抵是因为它饱含着我最为钟爱也最闪耀的女孩特质——热情、积极、敢于自嘲、随时随地都在笑——不管是疲惫地站在午夜的餐厅，还是穿着高跟鞋嗒嗒地走在漆黑的夜路；不管是在咀嚼失败的滋味，还是在尽享着成功的可口。

后来我写过好多女孩的故事。

她们有那么多的不同，有的开朗大方，像向日葵一样绽放着笑脸；有的自卑胆怯，隐匿在人群中不发一言；有的是学霸学神，成绩傲人、一路绿灯；有的早婚早育，百般思度着如何将一日三餐做得惊喜。

唯一相同的特质是，她们都像叶片寻找阳光一样，或在人来人往处，或在孤僻山野里，任性舒展着自己的身躯，奔向无垠的天地里去。

原来是梦，让我们无坚不摧；是爱，让我们比肩而立。

她们都是卡洛琳，也是麦克斯。

“我们成功在望。”每当疲倦和失望的时候，我便用她俩的语气对自己这样说。

不要难过，你失去的都将以另一种形式回归

那些疼痛与心碎，那些疲倦与绝望，都已被命运一声不响地记取。

最近工作太忙，下班之后还得复习考试，困得要死的时候简直觉得生无可恋。考友们的微信群里，大家都差不多。睡前总有人讲几条段子，一堆人回复着乱七八糟的符号和表情排遣压力。

我的高中同桌小悠也在群里，她从不讲段子，也不回复“哈哈哈哈哈哈哈”，却老是在我们聊得最开怀的时候问一句：“都复习好了吗？”别人都不认识她，只有我太熟悉那感觉，简直和十年前在教室里一样。

上高中时小悠数学差到了一定程度。全班 60 个人，她的总分排名前十名，数学却能排到倒数前十名。

在数学老师屡次恨铁不成钢地将小悠叫到办公室里，一遍又一

遍地讲解那些题目，小悠仍然一脸困惑之后，数学老师也放弃了。

有一次期末考试结束，小悠看着成绩榜上那个扎眼的不及格的数字，沉默地拉着我到操场上跑步。红色的塑胶跑道上，风声强劲，所以我没看清她脸颊上一滑而过便被风吹干的是不是眼泪，只记得两个人在北方初春乍暖还寒的干燥空气里，哼哧哼哧的喘气声。

我们那时候都挺痛恨青春的。青春太难了，数学差的人青春更难，数学差但是上进心如小悠的青春真是难上加难。我知道最令她伤心的还不是那个不及格的数字，而是老师彻底放弃了的表情。

那天之后，小悠像变了一个人。从前不敢进数学办公室的她每到自习课就赖在那里，央求数学老师给她讲解题目。她用了最笨的方法——背公式，做题，背公式，做题，背公式，做题……

她每天带一个饭盒，晚自习之前不再回家吃晚饭，节省下来的一切时间都在做数学题集。她下课很少休息，连上厕所都是一路小跑。因为还有其他好几个科目的复习任务，所以她只能挤出下课时间和其他别人的休息时间补习数学。

我险些都忘了高中生活是如何度过的了，但仍然记得每次进教室小悠都伏在课桌前的身影。无论我们怎么在旁边吵吵闹闹，她都一副心如止水的模样，不是盯着一堆错号的试卷，就是盯着又一张空白的试卷。

小悠的高考成绩里数学仍然是拖后腿的学科，可是她考出了高中三年最高的一个分数，也是唯一一次及格的分数。这个对于很多人来说信手拈来的成绩，却意味着小悠付出了无数不眠的凌晨和雕塑般枯坐在座位上的课间休息时间。

后来我们上了不同的大学，我在国内读研，小悠去了美国，我们的轨迹渐行渐远，联系慢慢地变少了。

直到前段时间，我们俩互相加了微信，我才知道读研时从工商管理换到了国际会计专业的她，现在就职于全球四大会计师事务所之一，成为一名“以数字为生”的注册会计师了。

她常常加班至凌晨，极度忙碌，但是充实。她跟我说：“你知道吗？每次深夜，看着城市流光灿灿的夜色，枕着遥远的若有似无的涛声，我才知道好多年前，我在课间休息时为了省下上厕所的时间连水都少喝，那样傻里傻气地做数学题的时光，终究没有白费啊。命运没有负我，我终于等到了收获，虽然等了那么那么久。那些为了数学而付出的一切，甚至失去的一切，都悄无声息地回归了。”

我为她这段话险些落泪，因为我们都有过多少傻里傻气的时光啊，还有沉闷又绝望的坚持，命运从没给过一个清晰的预兆，也未曾许诺过一个狂风暴雨之后的碧海蓝天。幸好，我们失去的、付出的都以另一种形式回归了生活。

我在微博上关注的一个女孩 R_Xu_，外表像可爱的萝莉，却有着钢铁侠一般的意志。

从读书时 400 米都跑不下来的“运动小白”，到马拉松也能轻松完成的“健身达人”；从弱不禁风的小女孩，到国际空手道联盟会员，她说自从决定要改变，其中的一路辛苦与磨砺只有自己知道。

别人问她怎么有那么多的时间健身，她坦言自己是一名忙碌的空姐，常常凌晨飞机降落后才赶回家中，可是即使这样，她也一早醒来就赶到健身房锻炼。她从没标榜和号召过一票粉丝早起，她只说：“就算凌晨睡得再晚我也会八点之前起床，因为我不想辜负每一个美好的清晨。”

她晒的微博图片里除了自己年轻又美好的身材，还有自己为了练习而长满血疱的双手。她从未以此为苦，反而以此为磨砺意志、自我解压的方式。她不是运动员，只是普通人，可她说：“当我用40千克的身体扛着70千克的杠铃还能站起来的时候，还有什么压力不能面对？”

当有粉丝坦言健身的辛苦时，她说过的一段话治愈了不知多少人。她说：“不要去计较别人在喝啤酒吃炸鸡时，而你只能吃无味的健康食物；别人在逛街看电影时，而你却在健身房流汗。不要难过，你失去的都将以另一种形式回归。”

我知道的，回归的是她像樱花花瓣一样柔美的面庞、窈窕有致又健康强壮的身躯，还有无数健身粉丝真挚热烈的爱意。在所有拥有美貌的人如模特、演员、歌手的阵营里，她清新亮丽，是那么独特又强大的存在。

所以看着这么多强大又勤奋的人，我又悄悄地打开了复习参考书。

曾经我们痛恨青春，觉得青春太难了，可现在回想，如果没有那些熬夜啃书的时光，没有那些在异乡孤独漂泊的时光，哪能变成今天的自己？虽然今天的自己仍然不完美，却已足够撑起从容的生活。

是的，无数亲爱的孩子，纵然要披星戴月，纵然要一无所依，你还是要勇敢地走下去。不要难过，你失去的都将以另一种形式回归。

那些疼痛与心碎，那些疲倦与绝望，都已被命运一声不响地记取。它还没来得及回赠你等价的嘉赏与掌声、赞叹与光荣，但是你千万别放弃啊，它们总会回归，以你曾梦寐以求的方式。

在自己的身上，建造一座罗马城

成长哪有捷径呢，不过是一秒又一秒的累积。今天读过的书、流过的汗、写下的字都会成为深厚灵魂的一部分。

我清楚地记得 2008 年的春天，大一下学期刚刚开学的某一天，我终于无法忍受自己是个胖子这个事实，更无法忍受别人的侧目与调侃，开始了严苛的减肥历程。三个月后，我瘦了近 30 斤。

整整七年之后的 2015 年春天，我又开启了新一段塑身旅程。

自减肥成功之后，我的体重已经保持了七年，虽然没有腹肌但小腹平坦，腿部几乎没有赘肉，身体也一直保持着丰沛的活力，甚少生病。很久没有再高强度运动过的我一直暗暗窃喜，以为可以如此“一劳永逸”下去。没想到，工作之后不到四个月的时间，我重了近十斤。这还只是体重计上的数字，于自己的感官而言，我已然从“轻盈”变为“笨重”了。

身体的放纵源于精神的放纵。原本一直在学习、实习、考试、就业等重压之下四处奔波，饭量与运动量在客观上得到控制，因而体重一直未反弹。但工作之后，生活的重负一下子被清空，再加上下班时间早、宿舍就在公司旁边，我每晚七八点钟就开始躺在沙发上舒服地看电视剧了。原本很少看电视剧的我居然连看了 6 部，近 450 集，18000 分钟，300 个小时啊!

关键是，我在这 300 个小时里不仅长了十斤赘肉，还错过了同龄人初入职场、日新月异的成长期，换来了一个每每洗澡和照镜子都自我厌弃的自己。

一开始的健身训练当然是极度痛苦的。已经懒散了那么多年的我，刚上跑步机连十分钟都跑不下来。每一个下蹲、提臂、箭步都像是酷刑。教练在旁边大喊“再坚持一下，还有三个”的时候，我脑海里无数次闪过的念头是“天哪，我为什么要花大价钱买这样的折磨”！

幸好，我从未想过放弃。不单单是因为报了价格不菲的私教课程，更重要的是，我知道自己应该改变了。看着镜子中的自己，除了改变，别无他法。就像几年前我下定决心要减肥，当天晚上就没吃主食还在操场上狂奔了几千米一样，我走进健身房，简单测试评估、选择课程，20 分钟后便开始了第一天的塑身。

很多读者曾问我:“我也想改变，可是该怎样改变呢？你是怎么做到的？”

其实，一个人单单下定决心就是很难的事情。不是“嘴上说说而已”的下定决心，而是将意念的种子在头脑里、在心中深深地种下。随后，怎么浇灌、怎么施肥、怎么除虫，都是方法论的事儿。

如果真的想要改变，先和内心最深处的自己来一场对话吧。

你想要什么？为什么想要？究竟有多想要？你总能发掘出一粒意念的种子，然后将它深深埋下。随后的事情，早起、读书、备考、跑步……都不过是一个小时又一个小时的累积。

记得每次逼迫自己改变的最初几天，我总因为太累而怨愤悲哀，因为纵使我再努力，也不及另一个人天生的巧笑倩兮。是啊，这世界真是不公平啊。有的人生来就体形匀称，即使不用刻意锻炼也能保持美好又有活力的样貌。而有的人，连喝水都会胖，不知要挥洒多少汗水，才能勉强减去一两斤体重。

后来我渐渐明白，这世界上的不公平不可怕，放任自己屈服于先天的劣势才可怕。如果不改变，如果不尝试，随着时间的无情流逝，只会离“美好”越来越远。我们能做到的，是在早已被命运打造好的躯壳上，尽己所能地做些美化。美化当然不是容易的事情，可是人世间有哪些事情是容易的呢？

塑身是一个人的修行。一次又一次的动作重复，抬起又落下，屈膝后站起，体重、臀臂、腰腹，每一个细小的微妙的美化不知需要多少不为人知的锤炼，而所有孤独中自我勉励的对话，以及寂寞里严谨躬行的付出最终都会成为不可多得的精神财富。

我一直坚信，在我们能够掌握自己的命运之前，首先应该掌握自己的身体。因为在这个世界上，只有一个人，是可以完完全全掌控的，那便是自己。你无法决定面试官是否会录用你，也无法决定你爱的人是不是爱你，但茫茫世间，天地万象，你至少可以决定自己生命的每一秒钟该如何度过。

风雪换来樱木，春去夏至，一百天已过，我也已经在健身房里度过了一百个夜晚。能记得的，是瑜伽垫上吧嗒吧嗒落下的汗水，是夜晚结束锻炼拖着疲惫的身体归家的脚步，一路上来不及看温柔的月光与万家灯火，因为还有更紧迫的读书与写作任务。

第一次跑出 10 千米的那一天，我发照片到朋友圈，感慨“当年胡吃海喝时，哪想到今日要挥汗如雨”。塑身带给我的，除了逐渐坚毅的意志之外，还有强迫自己去克制的心态。减肥路上有美食的诱惑，备考路上有游戏的诱惑，面对数不清的诱惑，每一个人时时刻刻都需要修行克制的品格。

是的，我告别了那个斜躺在沙发上看电视剧的自己，顺便告别了懒惰与放任。未来山高水长，可每一步都在脚下。

这世界上从来没有速成的秘诀。有句话说“罗马不是一天建成的”，后来我看到微博上一个同样在塑身的朋友说“我要在自己身上建造一座罗马城”时深以为然。人生的每一个改变、争取、努力都和塑造自己的身体一样，没有速成的秘诀，没有一劳永逸的捷径，只有一天又一天、一个小时又一个小时，甚至一秒又一秒的坚持。

是啊，成长哪有捷径呢，不过是一秒又一秒的累积，今天读过的书、流过的汗、写下的字都会成为深厚灵魂的一部分。也许今天并不能感知到，但总有醍醐灌顶的那一秒钟。那一秒钟，你欣喜地遇见人生的彩蛋，接过命运的红包，在众人的掌声和艳羡的目光中微微颔首，心底最感激的却是自己——一路奔跑却没放弃的自己，在孤独中变得愈加强大的自己，镜子中躯壳全新的自己，每一天都在变得更好的自己。

所以你愿不愿意和我一起，在自己的身体上、在自己的灵魂里，建造一座罗马城?

让它坚不可摧，让它精致深邃。

比起得过且过，我还是想丰盛热烈地活着

多少人的生活里只有柴米和酱醋，她却一直一直，走向山川与河流。

1.

健身房的一位大姐，今年 46 岁，孩子都上大学了。刚进健身房的时候，她腰粗臀塌，尴尬地给我看裤腰边挤出的“游泳圈”。

后来她找了个私教，开始虐身又虐心的训练。每天跑步两个小时，外加力量训练，一点点地增加哑铃、杠铃和其他器械的重量，即使在教练规定的休息日也坚持去做普拉提。和她一起训练的年轻人已经在器械区累成狗时，她站起身抹一把汗，淡定地说道：“明天继续来，不见不散哈！”

不到两个月的时间，她练出了四块腹肌和紧实的臀部，被所有健身房的人膜拜为“励志偶像”。

我问她：“为什么要这样练？”她说：“一定要在更年期到来之前拍一张最美的照片，证明自己没白活这一场。”

我们有时候聊到年龄，大姐说：“年龄怎么了？也许对其他人来说，年龄就是年龄，甚至是老了的标志。但我现在想通了，年龄不过是一个数字，不能阻碍你去做任何事情。”

每天在跑步机上看到大姐在旁边跑步，我都深觉无与伦比的振奋和昂扬。或许她走在路上，别人只看见她轻快有力的步态、恰到好处的衣装、神采奕奕的面容，但只有她自己知道，每一滴汗水流过脸颊、浸透衣衫的时刻，是如何度过的。

原来，每一个年龄都可以活得精彩热烈，每一天都能让人生从内而外地发生改变。

诗人 Mary Oliver 曾说：“告诉我，你打算如何对待你仅此一次的、自由而珍贵的生命？”

最近我反复地问自己这样的问题。在每一次懒惰、懈怠、无所事事的时候，我常常忘记自己拥有的每一个今天都是不可多得的一天。

人生仅此一次，有千千万万种活法，根本无从批判哪一种活法更自足和幸福。只是，我和这位大姐一样，想步履轻盈地活着，所以跑步、减肥、塑身，在锻炼身体的同时一点一点地锤炼自己的精神，直到它刀枪不入，直到它清丽深秀。

2.

健身房还有一位 50 多岁的阿姨，老是动员我周末和她一起参加户外活动。

作为一个宅女，我终于下定决心去了一次。旅游大巴停下，阿姨一上车便轻车熟路地拿出了靠枕，调整舒服的姿势坐下后与导游聊天。我才知道，她几乎每个周末都去参加驴友们的户外活动，有在本城市的登山观海、绕山徒步，每逢较长的假日还出游去往更远的景点。

在听完她几次户外徒步经历的讲述后，导游称赞道："没想到您在这个年纪，体力还这么好！"

她爽朗地大笑："那是因为我几乎每天都去健身房运动啊，比广场舞的运动强度可大多了。"

聊起平时的生活，她说："虽然到了我这个年龄，但是家庭啊、子女啊、孙子啊并不是生活的全部。"即便已经 50 多岁，她仍然热爱着每一个在健身房里挥汗如雨的时刻，也热爱着在工作之余的节假日里暂别丈夫和孩子、打包行囊走向万水千山的时刻。

坐在她的身旁，看着她流光熠熠的双眼和紧俏匀称的身材，我觉得就连她眼角的皱纹和手背上的斑点都变得那么美丽。那真是我所见过的对于"老去"最好的诠释。

她在那些唠叨着子女迟迟不肯嫁娶、害自己年岁已大还抱不上孙子的同龄人中那样"另类"，因为她时时刻刻保持着好奇的双眼，在有机会、有条件远走的时候，从未放弃对大千世界的探寻。她热爱和家人一起度过的温馨午后，也从未放弃拄着登山杖去看一场山顶的壮阔日出。

多少人的生活里只有柴米和酱醋，她却一直一直，走向山川与河流。

3.

工作之后，我一下胖了十斤。与身体一起变得沉重臃肿的，还有自己的心态。上学读书时的精气神一下子被稳定平淡的生活打败了，我甚至忘了曾经的许诺、期望、冒险的勇气、丰盛的理想。

回想自己这些年的成长历程，最怕的就是陷入一种“得过且过”的状态。纵容自己的食欲之后，就是心安理得的懒惰；抱着“差不多就行了”的心态对待考试之后，就是抱着同样的心态对待工作乃至整个人生。

我的很多朋友，在繁忙的工作之余坚持充电，或者随时开启一项新的技能学习。充电或许是为了更快地在职场晋升，技能学习却是为了让生活时刻保持一股新鲜又热情的劲头儿。他们在下班后去学习另一种语言，在周末参加极限运动，不断探索新的领域，不断尝试新的内容，好像一直过着饱满充实的生活。

很多时候，这些看起来似乎无用的小事，赋予生活的，却是实实在在的勇气和热情。因为这当中，不仅需要重新开始的决心，还需要挑战自我、坚持下去的意志。每一个心绪的波折，每一个流汗的瞬间，都是意志力的积累和人生观的锤炼。

这些小事，对健身房的大姐来说，是日复一日去健身房打卡、严格管理自己的体重；对健身房的阿姨来说，是和比她年轻 30 岁的小伙子们一起，徒步绕行大山大河；对我的一些朋友来说，是攀岩、学外语、做业余翻译，甚至是主动加班——在他们无比热爱的岗位上多守一个小时，不是旁人眼里的辛苦和负担，而是自己心底的充实与满足。

人生多么短暂，就打活到 80 岁来算，以我们的年龄，已经活了超过四分之一的里程。在剩下不到四分之三的光阴里，比起得过且过，我还是想用尽全力地活着。

除了继续跑步、运动、读书、写字，还要去真挚热烈地爱一个人，去体验千千万万种精彩，去记录每一个美丽动人的瞬间，去将一个个日子过成平淡中自有精彩的诗篇。

我其实还有别的奢望——不想被迅速老去的年龄和纷纷扬扬下落的时间打败，不想被冷冰冰的现实和繁复冗杂的世俗打败，所以要笑得最热烈，活得也同样热烈。

我相信，如果这样，一个人永远也不会老去，至少灵魂不会。

只要一息尚存，就一定要战斗下去

在洪流一样的人群里，我总告诉自己，不要止于今时今日，

不要只顾埋首苦闷，要记得眼阅星群、远眺苍云。

1.

下着雨的春寒料峭的周末，实在不适合去看《荒野猎人》。

我因为下雨加剧的堵车而迟到了十分钟，被雨水打湿的头发和大衣让我在前一个小时里都冷得发抖。身边坐着的还是一帮吃着薯片、不停大声说话的小孩。

可我坐在影院里，仍然自动忽略了周围的一切。只剩下我和莱昂纳多一起，在苍茫的冰原上艰难寻找着生路。

自从莱昂纳多凭借此片获得今年的奥斯卡最佳男主角之后，每个人似乎都知道了这部电影的故事概要。

他遭母熊攻击，险些被撕碎，随后儿子又当着他的面被残忍杀

害。他原本已伤痕累累气息奄奄，却奇迹般地活了下去，拖着沉重的身躯和恨意前去复仇……

我看到他在冰冷的原野上举步维艰地前行，觉得这部戏简直就是莱昂纳多过去半生的真实写照。

每个人都知道他是多少次和奥斯卡奖擦肩而过，并因此成了全世界最津津乐道的话题。去年奥斯卡的颁奖典礼上，当公布获奖者的名字不是他时，我们看着他含泪鼓掌的样子，都觉得心疼甚至心碎。

可他从未被打败。

这世间有多少人，用“我不在乎”或者“我不想要”来掩饰“我怕我得不到”。只有他，从未掩饰过他的追求与渴望。

他想要奥斯卡奖，于是他的一切工作和生活似乎都围绕着奥斯卡奖而展开。

这么多年，他几乎没演过烂片。他在现实中的绯闻是交往过多少个超模女友，可在银幕上却总是扮演一个因为失去了至爱的妻子而心碎的丈夫。从《禁闭岛》到《盗梦空间》，再到《荒野猎人》，他一直是个封闭在旧爱中难以自拔的人。

他千方百计地变胖、变丑，从“Jack”那个角色中挣脱出来，变成了华尔街之狼，变成了《革命之路》中郁郁不得志的丈夫，变成了《被解放的姜戈》里那个心狠手辣、血溅片场的农场主。

这个人，简直用尽了全身的能量，去塑造一个更好的角色。

可看看我们，多少懦弱的、胆怯的我们，从来不敢追求自己真正想要的东西。

我们怕得不到，更怕得不到因而被世人嘲笑。

电影里，他几次垂死时，一直想着的是早已去世的妻子说过的话：“只要一息尚存，就一定要战斗下去。”

所以我爱胖了的、丑了的，再也不是英俊小鲜肉的莱昂纳多，因为我爱人性中最张扬和炙热的那一部分——让人类伟大和闪光的，从来不是一个“结果”，而是漫漫追寻的旅程。

就像他说的：“没成名前我曾遭遇过不少挫折，那种想要努力做到最好的动力到现在也没消失。我总有危机感在身，总觉得自己还做得不够好。”

就像一生流浪的卢梭，幼时即失去父母，在人生的最后20年更是因为当时法国政府的通缉而困苦艰难。回顾他一生的经历，几乎所有的好运都被放逐。

可我坐在春天的午后看他留下的巨著《论人类不平等的起源和基础》，想象着遥远的他是如何在孤独的异乡留下那些冷静又深邃的哲学思索，只觉得那种支撑着他的人性的光辉至今也没有消失，反而愈加闪耀。

我喜欢一切沸腾的故事，尽管知道那沸腾背后是静默、冰冷又漫长的等待和摸索。

但只有愿意并且有能力忍受静默、冰冷和漫长的人，才能真正等到沸腾时的欢愉与荣耀吧。

2.

过去的这些年里，特别疲惫特别倦怠的时候我也会想——何必这么辛苦，得过且过不也是人生的一种？

每当这个时候，能够治愈我的，是一篇曾经看过一次却再遍寻不到的人物纪实。

那年是 2010 年吧，我坐在大三下学期的课堂上，看到那篇报道，写的是创业者王兴。

在我们刚读大学的时候，人人网还叫校内网，而校内网比现在的微信、淘宝和微博要火爆得多，几乎每个人每天都要狂刷校内网几百次。这个需要以真实姓名、真实身份注册的社交网站，对校园里的我们而言，简直是当时互联网最好的创新。

校内网就是王兴创办的，后来融资失败，被千橡以 200 万美元收购。

随后王兴从校内网离职，创建了饭否网，很短的时间内便积累了上百万个用户。如果说校内网是 Facebook 的中国版，那么饭否网则是 Twitter 的中国版，这仍然是当时互联网最好的创新，甚至被誉为微博类网站的鼻祖。

可惜的是，2009 年，饭否网被意外关闭，王兴在当年的年会上甚至哭了。像我们这样的普通人，大概很难理解那是怎样的无助和绝望。

饭否网被关闭的 505 天里，新浪微博开始内测，随后异军突起。没有人能假设，如果没有这被关闭的 505 天，国内现在的互联网会不会是新的格局。

2010 年我看到那篇报道的时候，王兴刚刚成立美团网。作为中国的第一个团购类网站，美团网打破了王兴之前的“噩运”，茂盛地延续至今。

在创立美团网前，这个刚过30岁却创业已十年的年轻人曾被称为“最倒霉的连续创业者”，尽管他总能以最精准的手势抓住互联网的脉搏，总能成为那个“开创者”。

可是就连那篇报道都不得不感叹：“有时创业不仅需要敏锐的眼光，还需要各方的配合——投资、人脉，甚至政治。”

当采访者问起他数次失败的创业经历，问他有没有想过放弃，他只说：“你看唐僧去取经，经过了九九八十一难。可是他从来没跟徒弟们说过，咱不取了，咱回去吧。”

这篇报道以及这句话，我整整在心里记了六年。

那时候我求学读书，在校园的环境里想要尽己所能地过得无悔。那些孤独的、迷茫的、痛苦的时光里，是这句话一直一直地抚慰着我。

那时候我每周六坐着公交车去做一份兼职，月底结算工资后兴高采烈地去书城买书。每周日也是坐着那趟车去上日语课，为了应付严厉的日语老师，在路上总叽里呱啦地背诵课文。那时候，逛街的时间那么少，总是埋头学业，总是行色匆匆，从未觉得有何不妥。那时候的我不知道自己未来要成为什么样子，只知道要一直奔跑、不能停下。

我是最笨最笨的那种人，写不好文章就一遍一遍地改，考不好数学就一道题一道题地做。我是从王兴身上学到了对我来说最宝贵的东西，那就是永远不要停下。

后来，我走进工作，走上真正的生活。在它的琐碎、繁杂、无时不在的荒芜里，还是这句话一直一直地抚慰着我。

在洪流一样的人群里，我总告诉自己，不要止于今时今日，不要只顾埋首苦闷，要记得眼阅星群、远眺苍云。

这几年，我又看到王兴更多的采访。他引用过塞林格的《麦田守望者》中的一句话："一个不成熟男人的标志是愿意为了某个事业英勇地死去，一个成熟男人的标志是为了某个事业卑贱地活着。"

这大概就是我们一生的写照吧——为了某种光荣的梦想或者使命，卑贱地活着，却永远不想停下。

3.

朋友有时候跟我开玩笑："看你那么小一个人，怎么会有这么密集又强大的能量？"

我也不知道那些能量从哪里来，但我总是能信手拈来地找到它们。

过去的这些年里，我走了好多路，看了好多人，总是把那些读到的、听到的故事一个一个装进心里，等着它们像春水里的浮萍一样沉积、凝结在深远的湖底。

后来，它们都变成了一粒粒 magic pill，像我的止痛片和晕车药一样，疗效迅速，直指病灶。

我胆怯的时候、畏惧的时候、悲伤的时候、绝望的时候，总能遇见它们中的哪一个跳出来，跟我说："Keep moving."

再后来，它们都变成了我自己。

如今想来，我在它们身上，学到的最重要的一样东西，是一种看不见摸不着的信念——一个人，永远不要妥协。既不要妥协于他人，也不要妥协于自己。

一个人，应该要有勇气和执念，去向陌生的领域一次次发起进击。

谈到创业，王兴曾说："我一贯而且真实的想法就是——纵情向前。"

"纵情向前"——我多喜欢这四个字。

尽管我早已不想说太多鸡汤和说教的话，可还是忍不住要再说一次："千万别停下啊，少年！甭管你如今有多迷茫、有多落魄，但你得向前走，而不是向后退，才会更好。"

"只要一息尚存，就一定要战斗下去。"

我知道我的 magic pill 不仅仅是王兴，也不仅仅是莱昂纳多，甚至不是任何人的故事，而是一种"路在前方，我想上前"的感觉：天大地大、四海为家、背负使命、矢志不渝。

就像电影《猜火车》里那个铿锵有力的结尾："我要把自己收拾干净，我要往前走，一直走下去，去选择我的生活。对此，我是充满期待的，我终将会变得和你一样。"

是的，让我们一起纵情向前吧。

一直走，一直走，一直走到星汉都灿烂，水月都清明。

你还有欲望吗？

我们最大的荣光，不是一直站在高台之上，而是敢于仰望高台，并逆流而上。

1. 你还有欲望吗？

有一天和出版人陈海燕老师聊天，他说："人都有欲望。如果一个人无欲无求，就不是人了。"

我说："我感觉自己欲望就很轻啊。"

他说："不是你欲望轻，而是放弃了。很多中年人灰头土脸的，感觉他们什么都不想了，其实是因为怕失去更多，或者怕失败了被羞辱，就压制了自己的欲望，不敢去追求了。"

我听了很受震动。也许我现在就是人群中那个灰头土脸的中年人吧，忘了自己曾经心心念念的壮阔海洋，却在充满淤泥的浅河里越陷越深，还安慰自己——没关系，我想要的并不多，我没有那么多欲望。

2. 你愿意付出别人不愿意付出的努力吗？

这些年来，回想起自己最难忘的时光，没头没脑、疯玩瞎闹的日子一去无痕，最深刻的印迹全是那些努力付出，用很多很多的汗水去换取一点点进步的日子。

以前的我多胆怯和苍白啊。在高中 60 个人的班里，我像灰尘一样被淹没在众人之中，几乎没有异性朋友，在陌生人面前连做个自我介绍都又窘迫又尴尬。每逢班级活动都远远地躲开，恨不得一秒钟变成隐形人。偶尔有分享会，我拿着一张纸哆哆嗦嗦地念，台下的人根本听不清楚我在讲什么，慢慢地就开始窃窃私语，搞得我更加紧张和哆嗦了。

是在读了大学之后，人生才开阔了起来。

为了准备好一场演讲比赛，我半夜三更站在走廊的尽头，看着窗玻璃纠正自己的神态和手势。那时候晚风多凉，好多个初春的深夜悄然而过，我给宿舍的每一个人都讲了好几遍，才敢走到台上，才终于有了一次流利的演讲。

所以几年之后，我在学校最大的教室里上自习，所有人都埋头苦学时，突然有一个女孩走进来站在讲台上说："大家好，耽误大家几分钟的时间。我在准备一个演讲，可是我很紧张，所以能不能打扰你们一下，先听我讲一遍让我锻炼锻炼？"

所有人都抬起头，认真地看着她。坐在最后一排的我，几乎看不清她的脸，只听见她略微颤抖的声音，还能看见她紧紧抓着衣角的手。可我很想为她鼓掌，为了那一刻她仍显稚嫩的演讲水平却挡不住光芒万丈的模样。

一个人最大的进步，不是从 80 分到 90 分，而是从 0 到 1——你终于敢走出熟悉却胆怯的地盘，冲向未知又陌生的世界，即便一开始跌跌撞撞不明要义，但总有一天，哐当！你和过去的自己再也不同了。

也是在那时，我知道了苦练演讲的意义，并不是为了某次比赛的名次，而是我终于在 18 岁之后，敢于自信和从容地发表观点。

你赞同不赞同都没有关系，但是我敢说。

自那之后，我几乎克服了面对所有重大场合的紧张心情。研究生复试，我滔滔不绝地向导师讲述自己为何选择这个专业。求职面试，被问及对这个社会的看法，在选择谈论最新经济要闻时，我首先果断地引用了尼采的话："我们都要在自己的身上，克服这个时代。"

我想要听到一句赞扬和夸耀，或者仅仅是一个注目，但在那之前，我更知道，要付出多少深夜无人时长时间的积累练习，才能换来万众瞩目时几分钟的谈笑风生。

就比如为了准备好一场咨询公司的面试，晚上十点收到面试通知后，我几乎一夜未眠，从网上收集的题库里将每个题目都准备了一段两分钟的即兴发言。

第二天面试，别人问我，这么生僻的题目你怎么也能回答得这么流利。他只是不知道，我准备了一百多道题目才终于涵盖了略显生僻的这一道。

很久以后，我也变成了一个容易放弃的人。最喜欢说的话是

“要不算了吧”，最喜欢用的托词也成了“就算努力了，也不知道事情能不能成”。我只是想用“没做”来逃避失败的可能，却不知道自己因为胆怯和懒惰错过了多少未知的美丽。

所以我多想念那个收集一百多道题目面试才勉强过关的我，更想念那时候不管能不能成都要去试试的自己。

有时候世界给我们设置了那么多障碍。别人天生丽质，我们却要辛苦减肥。别人口吐莲花，我们却经常词不达意。

可是障碍存在的意义不就是让我们翻越它吗？如果一件事情那么容易做成，每个人都能做成，那还有什么意思？

我期待未来还有更多从 0 到 1 的过程，我期待为了闯入未知的世界，自己仍然敢于去做一切别人不愿意做也不屑于去做的事情。

阴云如果不曾密布，怎知阳光乍现的那一秒，有多灿烂夺目。

3. 如果千万人阻挡，你会不会就此投降？

其实每个灰头土脸的中年人都曾经是意气风发的少年吧。

就比如我，工作之前，对世界有饱满的征服欲，带着天不怕、地不怕的热情和越挫越勇的信心。就算全世界都喝倒彩，我也一门心思相信自己早晚有一天会赢。

上大学时，想要进名校，所以拼了命地考研，尽管所有人都说，你要是考不上的话可怎么办。我当然不知道该怎么办，只是觉得，如果不试试，该有多遗憾。

读研时，我想要写的文章被更多人看到，所以死守在图书馆看书写笔记，写了好多书评才在豆瓣上累积了一千多个关注。

后来，从一千关注到一万关注只用了两周，但谁也不知道那两篇热门文章我写了有多久，更不知道我之前写过多少一点都不热门的文章。

第一次跟别人说我的梦想是能出本书并且一直写作，他嗤之以鼻的语气我至今记忆犹新。

他连问了我三个宇宙级难题："你写得出来吗？有人愿意出版吗？能养活自己吗？"

我也没有愤怒或伤心，只是挂掉电话后，一口气写了3000字。

那个人早已消失在人海了，可我的书却将一本又一本地写下去。

所以当全世界都给你泼冷水的时候，你一定要全副武装、不为所动。其实有时候不是别人放弃了我们，而是连我们都不相信自己能做成。这让别人该怎么相信？

还没有见过大海，你怎么能说它不够壮阔？还没有见过最璀璨的星群，你怎么能说它比不上城市的灯火？

从那以后，我终于学会了一句话："Action speaks louder than words."

说得好听不如干得漂亮，说得再多不如做出成果。

回想几年前的自己，像个溺水的人一样，想要抓住每一个机会，变成更好的人。那时候的欲望好像无关于钱，也无关于多么宏大的功成名就，只是不相信自己如此暗淡无光地度过一生，才想用尽全部力气撕开一条缝隙。就是那样一条一条微小的缝隙，让我变成了今天的我，也让我有机会走向更大的世界。

所以不要轻易妥协，既不要妥协于他人，更不要妥协于命运。

如果这世界上只有一个机会，一定不是别人给的，而是你自己赐予自己的。

我们最大的荣光，不是一直站在高台之上，而是敢于仰望高台，并逆流而上。

4. 进击！少年们

那次聊天的最后，和陈海燕老师说起当下很著名的一位畅销作家。

我说："写小说的话，我大概一辈子都写不了他那么好吧。"

没想到陈海燕老师说："你不试一下，怎么能知道？"

那一秒其实我很想伏在桌面上哭一下，这句话曾经是我最爱用的台词啊，我怎么这么快就忘记了呢。

希望我们都不要成为一个无欲无求的人。

希望我们一直有勇气、有胆量也有智慧向着残酷而又未知的世界发起进击。

20 多岁的你，做好这三件事，才不会后悔

山长水远，我们路上见。

20 岁那年，我看到一句话，大意是："当 20 多岁的你觉得无所事事时，不妨做两件事：读点书，赚点钱。"

从那之后，每逢有姑娘、小伙向我倾诉年轻的迷茫，我都会把这句话送给他们。

如今好几年过去，我在 20 多岁的年纪里走了一大半，再回味这句话，还觉得是人间至理。

当然，在我看来，20 多岁的你，做好这三件事，才不会后悔。

1. 多学点东西

你不得不承认，从学校毕业以后，我们某种程度上都屈服了

“得过且过”的人生：学习多累呀，下班回到家“葛优躺”才舒服；什么，还去报班学习？！我还是去逛街吧……

但我其实一直觉得，就算一样的毕业生，人生更大的差距，是从毕业之后开始拉开的。当然了，这种差距不是单纯的财富或者地位，而是人生的热度和丰富程度。

比如我认识的一个姑娘小雅，她特别聪明、有趣还有见识。已经快 30 岁的她，让我每次见到的时候，都有一种“又回到了学校”的错觉，那种年轻的张力和好奇的眼睛，在很多人身上已经消失不见了。

她的“保鲜秘诀”就是永远在预谋着、准备着学点新的东西。

比如周末我还在昏昏沉沉地午睡时，她就开始用夺命连环 call 来呼叫我：“不是说了去图书馆吗？！别睡了！”

比如我看时尚杂志只是看看美女流流口水就翻过去时，她则用心地记下那些杂志里提到的品牌，回去研究，过一段时间就开始跟我说：“上次看过的那个品牌，衣服的风格挺适合你的，你去看看哦，在 ××× 网站上……”

比如她想起什么就会立马去做：周末去陶艺小教室玩，还和教陶艺的老师成了新朋友；下班后报了个网校学韩语，现在刷宋仲基老公的视频已经不用再看翻译了（嫉妒）。

像我们这种“只说不做”的女同学，对于很多想学的东西，基本上是想想就算了，可她呢，从来不管后面会如何，先学了再说。

于是，她的生活越来越好玩了，而我们的生活，越来越无聊。

毕业之后，当想学的东西完全由你做主时，相信我，如果你足够热情、足够主动，人生真的会越来越好玩。

就像我，谁能想到，在小雅的影响下，我一把年纪，竟然学会了用钢琴弹《小星星》呢。照这个节奏下去，我哪天也能弹贝多芬的曲子吧。

2. 多赚点钱

我最喜欢的 Sheldon 同学说过一句非常经典的话："依我看，你的所有问题，都可以通过多挣点钱来解决。"

以前我就是那种清高的女同学，觉得谈钱太俗了，我要做一个不染铜臭味儿的文艺青年。现在呢，我真的变了。

一个年轻人，最不该掩饰的，就是对金钱、对财富的渴望。我们需要它去支撑眼前的苟且，更需要它去守护我们爱的人呀。

很多 20 多岁的年轻人，空有一身技能和资源，却不去探索该怎么变现，真是可惜。

再以小雅为例，她不是前段时间学会了韩语嘛，像一般把韩语当成兴趣爱好的姑娘，可能学会就学会了，可机智的小雅，迅速把这项技能变成了"财路"。

隔壁的大学外国语学院里有很多韩国留学生，周围也有很多韩国人工作，于是她灵机一动："为什么我周末或者下班后不可以去给他们当中文家教啊！"

虽然知道有很多在校大学生是她的竞争者，但她还是开始了疯狂的"贴小广告"行动——在网站上贴，在学校的电线杆上贴，跑进韩国人的小店里打听。

最后不负众望，小雅终于找到了兼职。小赚了一笔不说，天天跟韩国人待在一起，她的韩语也流利了很多。

就最近，因为认识的韩国人越来越多，她也经常去韩国玩，超级喜欢买买买的小雅又开始预谋要在下班之余做代购了……

很多 20 多岁的年轻人，都做着一些自己不够喜欢、只能作为谋生的工作。可是像小雅这样的姑娘，却学会了在下班后开创自己的另一个人生。

无论是将既有的技能变现，还是靠着手头上的资源开始别的事业，都能赚到更多的钱吧。

重要的是，你想不想、愿不愿意去尝试。

喜欢写文章的可以去投稿、去写软文；想要开个咖啡馆的，不妨先在咖啡馆打工试试。就算暂时没赚到钱，也学到了很多东西吧。

就像我最喜欢的励志作家赵星（“特立独行的猫”）前几天跟我说的：“你不要先想着能不能赚到钱，先去试试，说不定就赚到钱了呢！”

3. 多走点路

我写过好多关于旅行的文章，虽然对于“辞职休学去旅行”的做法一直持保留态度，但我必须承认，每一次的长途旅行，对我来说，都是一次小的重生。

对我们这种在办公室里朝九晚五的人来说，总觉得生活像一潭死水，扔几块大石头都激不起来什么波澜。但是一次旅行，真的可以激活你的人生。

比如说，我和小雅打算一起出境旅游，本来我一门心思只想把签证什么的统统交给旅行社代办，可她转眼之间就整理好了我们想去的那几个国家的签证攻略给我，再隔上几天见面时，她已经开始讨论起那几个国家各种有趣的人文地理了。

我们把原本聚在一起吐槽可恶同事和生活烦琐的时间，都让给了讨论该选择去哪个城市游玩。

去一个全然陌生的地方行走、奔跑、看不一样的风景，旅行让我们好奇、让我们仿佛换了全新的细胞。

你看过全世界最美的那片天空，于是再不屑于办公室眼前的龃龉龌龊；你走过全世界最美的那条路，它变成了能量棒，让你在疲累的时候、倦怠的时候、失望的时候吃上一口，便能满血复活。

旅行的意义就是我们见过了最美好的那部分世界，于是你和我，都能变得像它一样美好。而其他的，统统不重要。

相信我，无论哪日你转身，再回头看自己的这些年，只有三样东西不会辜负你，一是口袋里的钱，二是脑中的知识，三是你走过的路。

去学点新的东西吧，别管能不能学会，能不能坚持下去；去想办法赚更多的钱吧，用它来支撑我们更好的人生；去收拾好行李上路吧，最美的风景就在你的眼前。

20 多岁的你，一定能靠着这三件事，度过绝不后悔的十年。

山远水长，我们路上见！

年轻人，没事不要老躺着

有太多的年轻人，将 20 多岁活成了 50 多岁，甚至 60 多岁、70 多岁的样子。

几年前，我遇见过一本对我影响深远的书——《十四堂人生创意课 3》，作者是台湾文案天后李欣频。

她给诚品书店写的文案，成了经典的文案案例，比如这篇《阅读者群像》：

“海明威阅读海，

发现生命是一条要花一辈子才会上钩的鱼。

凡·高阅读麦田，

发现艺术躲在太阳的背后乘凉。

弗洛伊德阅读梦，

发现一条直达潜意识的秘密通道。

罗丹阅读人体，

发现哥伦布没有发现的美丽海岸线。

加缪阅读卡夫卡，

发现真理已经被讲完一半。

在书与非书之间，

我们欢迎各种可能的阅读者。”

是不是很有才华？

但是最让我喜欢的不是她的才华，而是她的生活态度。

这些年里，她坚持每天读一本书，看一部电影，每年至少去一个新的国家旅行。作为职业作家，她还出版了几十本书，并且教授创意文案课程，在各地奔波演讲、做分享……

她现在 46 岁了，仍然美丽、优雅、充满智慧。且这智慧不断累积，让人简直要忽略掉她的年龄，只看见她无与伦比的才华和阅历。

在这本书里谈到对“创意”的理解，她说：“我一直想要突破现实框限，拥有一个‘自主、自由、自在’的人生态度……这样的生活，让阅读、写作、写文案、出国旅行、看电影与表演、演讲开课等各个方面都 mix 得完美，所以对我而言，没有‘工作’的概念，只有‘生活’的概念，我只想创造每天非凡的生命经验，只想把每一天活得无懈可击。”

我真喜欢这样的生活态度——最大化自己的生命体验，在有限的时间内活出两倍以至于 n 倍的丰富。

我看过太多的年轻人，将20多岁活成了50多岁，甚至60多岁、70 多岁的样子。

下班后一躺一晚上，周末一睡一整天，只需要一部手机、一张床就能消磨掉全部的好时光。

微博刷来刷去，不过是来自世界各地的段子集锦；朋友圈都能背下来了，不过是谁去看了电影，谁又发了什么牢骚。视频网站关上一个又打开另一个，对着屏幕上别人的爱情、别人的生活长吁短叹，自己却在工作的烦躁、生活的无趣里无法抗拒。

这样的青春，不是耗在了路上，而是耗在了床上；不是迸发着热情和火光，而是在泥潭里越陷越深。

于是身体走不了万里路，心也混混沌沌，一双手只知道困守在手机旁。

以前多少人躺在床上吸鸦片，现在多少人躺在床上玩手机。连姿势都没变。

所以你还抱怨上天没把美好的生活给你。

那是因为，你从来没亲手去创造过美好的生活，更没尝试过将自己的人生过得妙趣横生。

纵然我们无法像李欣频那样因为才华而自由，但至少可以让自己在忙碌的工作之外，找到除了玩手机、刷微博、抱怨吐槽之外的更好玩的乐趣。

我有一个朋友，看过李欣频的那本书之后，和她一样做到了每天看一本书、一部电影。

有人问她，看一部电影至少一个半小时，而看一本书远不止一个半小时，你是怎么做到的？

她说：“我在地铁上看下载好的电影，不管是在去见客户的路上还是在等餐的时候，我都带着要看的那本书。所以，我只是把刷微博和朋友圈的时间省下来了而已。再换句话说，我只是把手机换成了书。”

去年这时候，同为绘画白痴的我和她一样，想要学些简单的绘画。

一年过去了，我还是绘画白痴，可她已经能够画出一些漂亮的水彩画了。

我问她怎么做到的，是不是找了老师？

她说：“没有，我就是买了一本水彩画入门书，每天学着画一点儿啊。”

听了她的话，我真的很惭愧。看到她因为学到了新鲜的东西、看到了新鲜的事物而充满热情的态度，我更加惭愧。

毕竟我有好多这样的时候，觉得生活好无聊、人生真没劲，所以提不起精神去对待任何事情，全然忘了更年轻的时候我对《在路上》那本书的挚爱。

也忘了书中那段我曾经很喜欢的话：

“我走在125号大街上，忽然停住脚步，惊奇地环顾四周，那种感觉就像是从一个生命那么长的美梦中醒来。

“我徜徉在他们身后，就如长久以来，跟随在那吸引我的人身后那样，只有那些热情的人才能引起我的兴趣，那些人疯狂地生活，疯狂地表达，同时对一切事物心怀渴望，他们毫无倦意，不屑于陈词滥调，只是燃烧，燃烧，燃烧，如子夜烟花般绚烂。”

人生多年，生死难当。可怎么样才叫活过？谁也没有定论。

我只知道我的青春不要只是躺着。

更不要垂垂老矣、手脚都不能动弹之时，暮色将至，躺在床上，回想自己过去的漫长的一生，竟然从来没有一次酣畅淋漓的付出、一次说走就走的冒险、一次义无反顾的爱情，竟然全都是躺在床上刷着微博段子、歪在沙发上做着白日梦以及大片大片的空白、浪费与虚度。

我还想我的青春活得精彩一点，再精彩一点。

有人问我："怎么样才能有热气腾腾的生活？"

我觉得只需要四个字——别老躺着！

他们究竟是怎么赚到了更多的钱?

对钱的热爱，才是一切美好生活的原动力。

前几天，晚上和一个妹子吃饭，大家一起吐槽被家长催婚，爸妈都觉得，女孩子嘛，一个人在外面打拼多辛苦，还是得找个男人才有安全感，好歹经济上能够稳定一些。

妹子直接告诉爸妈：好歹你们女儿现在也是月入十多万的人呀！哪里需要结婚才能维持经济稳定呀?

这几年认识的人多了，才发现自己见识浅薄，而最大的感受是，这个世界上的有钱人太多了。

而且很多人，都是跟我差不多年纪，家里也不是“富二代”“官二代”出身，完全凭着自己的本事，在同龄的年轻人只会刷淘宝还信用卡的时候，赚到了可能我安心坐在办公室十年、二十年才能有的资金。

之前，我总以为，赚钱只有工作拿薪水这一种方式，接触了更多人之后，才体会到，只要你肯下功夫，磨炼自己擅长的技能，专注于自己感兴趣的领域，将知识、技能、资源等最大限度变成变现的能力，转化成不管是职场，还是创业、投资，都能够赚到钱。

1. 在职场上比别人好那么一点点

我姐姐说过一句话我特别赞同："在原本大家水平都差不多的职场上，你只比别人好那么一点点时，就已经非常突出了。"

她本来只在一个四线城市工作，但工作后迅速考证，变成了那个城市里最年轻的注册城市规划师。后来又读了在职研究生之后，她顺利地跳槽到了上海。

当然了，其间她也付出了比别人更多的努力——别人下了班吃喝玩乐时，她要看书考证；别人在工作上得过且过时，她从不挑三拣四，用大大小小的项目来积累经验；别人都差不多得了时，她在本来的四线城市和上海之间来来回回无数次，只为了修完在职硕士的课程。

我从我姐姐身上看到，没有任何一个职业会辜负一个努力的人。当然了，努力要有方法，最笨的方法就是向你所在的行业里最顶尖的人看齐，看他看的书，拿他拿的证。总有一天你会成为他，甚至超越他。

而在职场上通过修炼专业技能而获得更多的工资，才是最聪明的方法。

2. 找到自己的爱好，然后将其转变为技能

身边有很多自媒体朋友，和我一样，一开始都是学生，或者做着和写作没多大关系的职业。但是大家都一直在坚持写写写，最后都获得了学习或工作之外的“第二收入”。我还有一个好朋友，和我一样学经济，但是她很喜欢日语。当然了，她英语也很好，语感比一般人好很多。于是她大学的时候一直在自学日语，考过了日语一级。毕业之后她顺利进入了一家日企，因为她同时具备经济学和日语两个优势。

之前我还收到过一个读者的邮件。她喜欢画画，画的插画非常漂亮。

虽然她本身的工作也不是专职的插画师，但因为发到网上的作品曝光度越来越高，所以接到了很多出版公司插画的邀约。

知名度更高了之后，她辞去了自己原来的工作，全职做插画师，还上线了自己的插画课程。

总之，她现在是一个既有钱又很会画画、走到哪里画到哪里的姑娘，太羡慕了。

你的技能就是你的核心竞争力。总有一些东西是你会，而别人不会的。

而你需要做的，就是找到并不断打磨你的核心技能。

3. 找到自己的优势，然后将其转变为资源

认识一个淘宝店主，和我一样大，是朋友的朋友，简直就是创业的典范。

她在淘宝网卖东西，从卖羊毛衣做起，随后扩展到了整个羊毛制品行业。

从最开始的淘宝小店到后来年净利润达几百万元的天猫旗舰店，她只用了三四年的时间，还是工作之外的兼职。

由于身边的淘宝店主一般都是从外贸服饰和彩妆做起的，所以我很好奇她为什么一开始选择了羊毛衣。后来才知道是因为她身边有货源。

她住的地方有许多羊毛制品的工厂，所以她能用最低的价格拿到最好的货。

一开始接到订单之后，她才去购货，再发货，用的是最简单和最粗糙的方式。后来，越做越大，她辞去了本来体制内的工作，找了设计师、模特，开始花心思去做自己的事业。

所以如果没有技能，那么你可以看看你的身边有没有什么资源，无论是便宜的货源，还是各种其他的资源。

有一本影响我至深的书，叫作《稀缺：我们是如何陷入贫穷与忙碌的》，这本书很大程度上改变了我看待金钱和人生中各种问题的角度和思考问题的方式。

我印象很深的一句话是："稀缺造成的后果不仅仅是我们会因拥有的太少而感到不悦，而且它会改变我们的思维方式，会强行侵入我们的思想之中。"

很多人觉得，我之所以穷，是因为我赚不到钱，根本不去思考"我怎样才能赚到更多的钱"这个问题，他们从根本上就否定了自己赚钱的机会。

只有拥有更强的心智模式，训练自己的思维方式，才能够将注意力专注在“如何赚钱”这点上，别人的赚钱方式只能够作为参考，而对于收入平平的普通人，则需要先解决“为什么你一直这么穷却从来不想怎么赚更多的钱”这个问题。

要知道，其实你完全有能力做到，只是你从来都不敢去尝试。

对钱的热爱，才是一切美好生活的原动力！

我们需要做的，不仅仅是如何爱钱，还要懂得如何才能赚到想花的钱！

我不会给你任何希望的

因为——你，就是希望本身。

三年前的夏天，我读研二，是个人群中最最最普通的女孩。

写论文，在银行实习，准备 CPA 考试。

我曾实习过的基金公司打电话问我愿不愿意毕业后入职。我在豆瓣上快乐地写着书评，用了很多时间来更新博客。

我记得那一年 8 月的这个时候，自己走在路上，脚步像心跳，心跳却像鼓点，咚咚咚咚，全是对未来的渴望。

之后的一年，我很快找到了工作，又很快变成了“豆瓣红人”，签下了第一本书稿。我的脚步与心跳更快了，仿佛未来提前降临到了眼前。

时至今日，我不得不承认，对于某种程度上的人生，我失算了。

这个月是我工作入职两周年的日子。

生活中经常有无数个耳光打来，啪啪啪啪，打得我几乎找不到自己。

我被沉重淹没过，在黑夜痛哭过，而我身边的年轻人，显然和我一样，甚至比我更加痛苦。

我的朋友告诉我："每天每天，我都在压抑杀掉对面那个领导的冲动。"

另一位跳槽的朋友告诉我："没想到，我从一个大火坑，跳到了一个更大的火坑。"

你问我，这个世界糟糕吗？

我只能回答你，是的，这个世界有时候非常非常非常糟糕，但是你很好。

所以我分享你三个方法，去对抗某些恶，守住某些善；去对抗某种淹没，守住我们自己。

1. 找到一份热爱，然后抵死坚持

比起写东西，我更爱阅读。所以即便处在一个非常糟糕的环境里，我也从未舍弃过阅读。

而我所处的环境却是就连买一本书，也会遭人非议："买书干什么？那么费钱，买什么买！"

不愿意被他们吞噬，所以我抓住了一根绳索。

我的绳索就是我的书，所以我读得越来越深刻。

阅读不再仅仅是我的乐趣，而是某种强大的支撑。

我见过热爱是怎么赐我们以拯救的。

比如我那个喜欢 NBA 的男同学是如何在绝望的时刻看着科比的视频度过；还有喜欢弹钢琴的女孩，每每坐在琴键面前，都仿佛贝多芬的灵魂就在身侧。

我们热爱某一件事情，当然不只是热爱这件事的本身。

我们热爱同样热爱并坚持着它的人——画画的凡·高，写作的海明威，甚至因车祸差点被毁终又重生的胡歌……

就这样，想着“既然他们能挺过，我为何不可”，于是我们真的又一次挺过了。

2. 找到一项运动，然后抵死训练

而豆瓣友人夏一慕曾写过一句话：“我更愿意相信，一个女人的内心和外貌越是成反比，越是获得成功的概率高。”

所以我们才都艳羡那样的人——她们的外貌精致，内心却如此强大，仿佛坚不可摧。

村上春树那本被无数人奉为“跑步圣经”的书《当我谈跑步时，我谈些什么》，里面也说，当他感到人生在不断“丧失”时，他用跑步来抵抗。

你看，运动的好处当然不只是雕塑一个人的肉体，它更大的好处是雕塑一个人的灵魂。

工作之后，我在健身房度过了上千个小时，每一次走出都仿若新生。

身上渐长的是肌肉，脑海里逐渐清晰的是自己独一无二的意志。

没人能代替你，你要自己强大。强大到能一个人扛起矿泉水桶，也强大到能一个人扛下生活中的颠簸曲折。

你可以慢跑，可以游泳，可以打羽毛球，也可以做做瑜伽。

相信我，就算全世界都辜负你，只有你自己的身体，不会辜负你。

而那身体包裹着的，是和你的肌肉一样，严整、坚硬又无法被消磨打败的意志。

3. 找到一个目标，然后抵死实现

三年之前，我写"我从来不相信这个世界上会无路可走"，如今，我只想写"我从来不相信我会无路可走"。

人生中其实有很多小事，足以构成一个简单的目标，足以支撑你日复一日的生活。

电影《百万元与苦虫女》里，苍井优饰演的女主角欠下了一百万日元。

她没有办法，只好四处打工，每天赚钱攒钱，拿着一个小存折，一天一天地抵达"一百万日元"这个目标。

前几天看张怡宁一个旧日里的采访，真是感动。

记者问她："对于那些因为打球而放弃的事情，你会觉得可惜吗？"

她回答："这些对于你自己的目标来说，都是微乎其微的，当你一直想着怎么能考上清华大学，发烧感冒算什么？"

这就是"目标"的力量。

我也一直用一个个小目标支撑着自己寡淡的生活。

比如今年为自己列下的目标是出版第二本书，再将公众号做到

50 万人关注。

所以我需要集中工作和生活之外的一切精力去看书、写文章、维系读者，那些污糟之事，便再也无法入我之眼。

我目不斜视，所以耳边根本听不见嘲讽质疑之声；我路途狭窄，因而身边从来不见并肩挑衅滋事之人。

“将军有剑，不斩苍蝇”，当目标明确时，我们再也不会在小人、小事上浪费时间，这就是我们给自己设置的命运，也是不得不设置的命运。

你我本该如此，命为巨龙，为何贪恋执着，要与蝼蚁为敌?

三年之后，我不再写努力奋斗的意义，我甚至不再用虚无缥缈的话来安慰此刻拿着手机的你。

如果一定要安慰，我只愿意把我如何挺过失意甚至绝望的可行性办法一条一条地告诉你。除此之外，我不会给你任何希望的。

因为——

你，就是“希望”本身。

没有什么比取悦自己更重要

| PART 2 |

这个世界，需要疯子

我们热爱童话，更热爱童话中恢宏又丰富的隐喻。我们热爱电影，更热爱电影里伟大又壮烈的人性。

1.

这几年，我爱过好多动画片。

《驯龙高手》里，少年小嗝嗝自小被要求成为屠龙的勇士，可他却只想和龙成为好友。靠着心里柔软却强大的善意，他走出了父辈和龙族早已被注定的命运。

《疯狂原始人》里，小姑娘 Eep 厌倦了守在山洞里被父亲的无数条规矩而束缚的生活，在世界末日降临之后带着全家人出去闯荡"新世界"。她走出了父辈们的"安全"和"畏惧"，走向了全新的生活。

那么多动画片里讲述出走的勇气，讲述"成为不一样的人"，除了单纯与童真，更让我们感动的其实是一颗闪闪发光的赤子之心。

电影《疯狂动物城》更是好看出了新高度。除了绝美的画面、萌翻了的动物、无处不在的笑点，它还有着紧凑的剧情，以及强烈的价值观影响，让我在电影院里笑了又笑，还用了好长时间来反刍它带给我的感动。

2.

在这个疯狂的动物城里，狮子与羊和平共事，大象与鼬鼠一起漫步在大街上，车管所的树懒说一句话能急死人，银行职员是排着队整齐行走还拿着公文包的旅鼠。

如此乌托邦一样的场景让人简直想感叹："导演和编剧真是疯了！"

可是我想，在某种程度上，我们都爱那些疯子吧。

我喜欢像兔子朱迪一样的疯子。小小的她，在动物世界里最柔弱矮小的她，却想要成为一名警察，去保护包括北极熊、金钱豹在内的大型肉食动物。全世界都嘲笑她的心愿，她却坚持自我、不为所动。

她打败大象、狮子进入警察局的时候，领导不让她参与破案，只给她安排交通协管的工作，但她仍然竭尽所能，将交通协管的工作做到最好。

她说："我想让这个世界变得更美好一点。"

而我也想起小时候最喜欢的童话绘本《花婆婆》。她走遍了沙漠与湖泊，看过了大海和冰川，寻找着改变世界的方法和秘诀，却一无所得。万水千山走遍，她在年老之时回到故乡，在家门口、小路边、田园上遍撒花种，于是荒野变成了花园，浅蓝、淡粉、莹紫色的鲁冰花就这样热热闹闹地开了起来。

她也说："You have to do something to make the world better."（你必须做点什么，让这个世界变得更美好。）

有多少个心愿宏大的我们小时候也曾许愿说要改变世界，后来都像兔子朱迪一样，刚进入残酷的社会就遭受凄风苦雨，在破旧的出租屋里佯装开心地接完父母的电话之后，终于在关掉灯的那一瞬间委屈得哭出声来。

我们就此被打败，成为一个普普通通的中年人，不再提改变世界，只细数柴米油盐。

可兔子朱迪不同。她哭了一场，睡了一觉，醒来开着交通协管的小车尴尬地行驶在路上，却仍然干劲十足，还主动请缨承担了一起失踪案。

她像人类中最具理想主义的那一部分——永不被打败，从未被战胜。

我也喜欢像狐狸尼克一样的疯子。他想克服自己被他人定义的"狡猾、凶恶"的本性，却仍然不被相信，甚至被残忍打压。他伤心过，失望过，也做过一些不好的事情，但最后，他还是找回了自己的初心。

我喜欢狐狸尼克的故事，因为它背后带着庞大的隐喻。我们在成长的过程中总是被轻易限定——你是一只狡猾的狐狸，你是一只柔弱的兔子，你不可能当警察，你不可能成为建筑师，你只会是一个糟糕的职员……

就像《老友记》的第一集，从婚礼上仓促逃跑的瑞秋给父亲打电话时说："我的一生中，每个人都跟我说，你是一只鞋子，你是一

只鞋子，你是一只鞋子……可今天我停下来说，如果我不想成为一只鞋子呢？如果我想当一个包包，或者一顶帽子呢？”

是啊，谁能决定我们将成为什么样的人呢？谁能限定我们的未来和人生？

其实我们的疯狂无须获得万众认可，只需要自己坚持一颗初心。

在动画片里，看到兔子朱迪和狐狸尼克温暖相拥的样子，我更加相信这个世界需要疯子。甚至，是一个又一个疯子造就了这个世界上最美好的那一部分。

所以我想起独自一个人穿越大片向日葵花海的凡·高先生，这个疯子在生前无所依靠，在死后却成为多少艺术家的图腾。

还有贝多芬先生，木心说他的每一个音符都在说“爱这个世界吧”。尽管这个疯子已经听力渐弱，却仍然谱写出了让全人类为之震动的声音。

还有切·格瓦拉，那个疯子一样的年轻人将别人的苦难刻入自己的生命。好多好多年后，我看到他留下的《革命前夕的摩托之旅》，书封上写的是“该书是献给那样一些人的——对他们来说，青春不只是岁月的一轮，也蕴含着诚挚的心灵与崇高的精神”。

这世界上有多少疯子，他们怀抱理想主义，渴望着去做世俗之外的事情。他们从不妥协，最后终于实现了某种程度上的“永生”。

3.

我们热爱童话，更热爱童话中恢宏又丰富的隐喻。

我们热爱电影，更热爱电影里伟大又壮烈的人性。

它们一次又一次地提醒我们，别被深渊吸附，别被黑暗吞没，别被灰尘蒙住双眼，别忘记那个曾经的自己，别被一切糟糕的东西打败。

走了千山万水，走过城市灯火，才知道你我之间最珍贵的，不过一颗“真心”。

可“真”与“心”有多难得。就像怀着一腔热血走入大城市的兔子朱迪，只能住入陈旧脏乱的出租屋，被蒙骗、被嘲讽，不被重视，但她仍然怀抱着心中最美好的愿望。

就像狐狸尼克，他在和朱迪因为办案出生入死之后，终于在悬挂于山川之间的铁索电车上袒露了真心。我看着他隐隐含泪的双眼，突然觉得一个人最勇敢的时刻，不是敢于走向未知的世界，而是敢于直面尘封的苦痛。

他流泪回溯，他撕裂伤口，他终于和痛苦握手言和。

这世间有多少被伤过心的浪子，用绝情来遗忘深情，用不屑来掩饰心碎，却未曾有一刻敢于面对曾经的那个自己。

他们对永远不可回来的初恋午夜梦回耿耿于怀，却对身边人真挚的眼眸熟视无睹、避而不见。

你看，长大了的我们轻易就不敢去爱了，却那么容易就学会了恨。

所以这部动画片多好啊，让我们看到了一颗真心被另一颗真心融化的过程，就像冰川涌入春河，就像山野落满了晚樱。

4.

回到电影的最开头，兔子朱迪一边听着音乐 *Try Everything*，一边满脸热切地走向她梦想中的动物城。她刚刚和父母拥抱告别，就义无反顾地奔向了自己的征程。

我多想伸出手，穿过屏幕去拥抱她，就像拥抱无数个捧着这本书的你们。

我们这一代人，比过往的任何一代都更勇敢，也更芜杂混乱，在和平的年代里经历着左冲右撞的价值观。

我们热爱冒险，又留恋父母；我们敢于远走异地，又频频回望故乡；我们常常热泪盈眶，又羞于坦露脆弱和深情。

但事实上，我们也比过往的任何一代都渴望被认可、被求证，渴望实现与别人有那么一点点不同的自己。

兔子朱迪说："Anyone can be anything."（每个人都有无限的可能。）

我们都相信她说的，没有一个人可以被随便定义，也没有一个人可以被抹杀千万种可能性。

兔子朱迪还说："我们唯一要恐惧的就是恐惧本身。"

我们也应该相信她说的，前路无可畏惧，一切都值得期待。

那么就让我们一起做这个世界的疯子吧，一起做仍然梦想着能够改变世界、让这个世界更美好的疯子。

但前提是，我们的一腔热血永不冷却，我们的赤子之心永不磨灭。

没有什么比取悦自己更重要

永远不要试图去取悦任何人，永远不要为了别人而改变自己。

1.

21 岁那年的春天，我度过了近三个月的抑郁期。

我不知道自己有没有严重到抑郁症的程度，但是每天就是沉浸在专心致志的悲伤里，动不动就哭了出来。

如今想来，当时的生活没有任何惊天动地的变化，全是心底的迷茫，全是精神上的自苦。

一个刚过 20 岁的年轻女孩，最想得到的，不过是这个世界的认可和赞同。可我，既达不到导师对我的要求，也不知道漫长的读研生活究竟有何意义。

所有人都跟我说："你上学早，年龄小，应该继续读博士的。"

却没有人问我：“你真正喜欢的是什么？”我也不知道自己究竟喜欢什么，只知道自己厌倦了所有经济学论文中难懂的数学推理。

一直以来那么喜欢学校的我，竟然想尽了一切办法逃课。

逃课也没什么地方可去，还是背着书包在校园里闲逛，满脑子想的都是——未来该做什么呢？是考博、读博还是工作？该不该放弃对我来说如此艰难的经济学？我要不要去重读一个中文的学位？我究竟该找什么样的工作才能过得满足又快乐？

这些问题哪里能找到答案？

导师仍然在课堂上讲着我完全听不懂，别人却频频点头的理论，其他同学仍然过着好像和我截然不同的目标明确、毫无忧虑的快乐人生。

只有我，像一个被沼泽吞没双脚的人，眼睁睁看着日光大好，却控制不住地下坠。

最沉郁的那几天，我在苏州旅行。那么暖又热烈的春光，那么长又曼妙的清溪，都没能治好我心底的隐疾。

住在山塘街的那一夜，白墙黛瓦的老房子都睡了，星光隐退，月色如醉，多适合与老友倾杯，或者独自安然沉睡。

可我看着远处河岸边摇摇曳曳的灯笼一盏盏熄灭，只觉得心里的光好像永远都不会再燃起了。

四年之后，我 25 岁了。熬夜写稿的第二天就会被人问：“你今天怎么这么憔悴？”再也不像当年可以通宵聊天仍精神百倍。

除了年龄的增长，相比于四年前刚刚开始读研的时候，我的人生，其实还丧失了很大一部分可能性。让我当时每天忧心忡忡的各种选择，早已被定格，甚至再也无法更改了。

但我终于学会了好好拥抱自己，享受年轻又热烈的生命。不再忧心尚未发生的未来，不再遗恨已经定格的过去，而是去寻找当下这一秒的美好。

我是慢慢地度过了那三个月的抑郁期的。在图书馆找各种心理学的书看，用尽了一切方法自我调节。

最重要的是，我开始好好写东西了——我终于发现了自己真正喜欢的事情，了然了自己在阅读和写作中获得的无限快乐。我不再忧虑未来该选择什么专业、获得什么等级的学位，也不再忧心以后的工作。

那之后，我才真正成了一个写作者。一路写到现在，竟然冥冥之中，走入了自己最喜欢的生活。

回想当年，那个时刻谨记着“别人的意见”，想要达到所有人期望和要求的自己，竟然从未有一秒愿意看看真实的自己。

所以每当有人问我，自己以后该怎么办时，我总是跟他说：“不要去听别人的声音，要去听你内心的声音。如果暂时还听不到，也别害怕慌张。你要继续往前走，多尝试，甚至多摔跤再爬起。你要付出一切真挚去感受一个真实的自己。”

找到真实的自己，找到真正的热爱，比任何“别人的意见”都重要，比任何“别人想要看到的你”都重要。

2.

去年的大部分时间，我也是处于焦虑的状态。一方面，我日日抱怨着自己无字可写；另一方面，我像所有的宅女一样，几乎不接触外界任何新鲜的东西，还恼怒生活真是又无聊又没劲。

过年无事，我在家里翻看去年的日记，发现那么多周末，纸页上都是空白，我一点儿都想不起来自己究竟干了些什么——也许昏睡一天，也许刷完了所有综艺节目，却什么都没有留下。

那些空白扎在我心里，不是遗憾，而是可惜——可惜大好时光都被辜负。

所以今年年后，我才决定再也不要当一个死守在家里的宅女，要尽可能地出走、旅行、认识新的人、体验新的事情。

3 月的某个周末我急急忙忙地飞去了南京。和朋友走在初春的秦淮河畔，河水青绿喜悦，周围路过的姑娘有着惹人注目的花瓣一样清丽饱满的脸颊。

就在坐地铁去机场之前，我还路过了一个当年国民政府官员的旧宅。那个院子如今已无人居住，变成了一个深沉的诗社。二楼的房间被改造成了免费的图书室，柔软的淡绿色地毯，复古台灯下的灯光映照着窗外碧绿的枇杷叶，让我知道这世界上还有那么多人，安静地守候着一块文艺的精神角落。

而我回忆起那年 4 月春光最盛时的苏州城，只觉得自己辜负的不仅是自己，还有这个世界盛装以待的惊喜。

就这样，一步一步，我不仅走出了四年前的抑郁，还走出了一年前的焦虑。

苏州河畔那些曾经熄灭的光，我以为永远不会再亮起的光，一点一点地重新亮了起来。

谁能想到呢，我竟然在25岁这年，才迎来了最好的时光，并且相信——时光它会越来越好。

那天，朋友问我，你最近过得如何？我想了想，大概只有“完美”二字能够概括吧。话刚说出口，我的内心深处也有点惊讶。

要知道我仍然没有像年少时梦寐以求的那样——读名校、进名企、拿高薪、过着光芒万丈的人生。可是我竟然第一次觉得生活充满安宁和喜悦。

其实生活本身并没有任何变化，变化的只是生活中的“我”。我终于敞开了所有细胞，去看这个世界的温柔与博大。

如今我住在最喜欢的城市。这个城市有着漫长的春天，樱花如雪飘落，蔷薇铺满长街边的栅栏。初秋大团大团软绵绵的云挂在电线杆上，浮在海平面上，落在路的尽头，每一帧都像极了宫崎骏的动画。我每天站在窗边就能看见海，每至傍晚，海天相接处有我看过的最美的落日。

我做着最喜欢的事情。有大量的时间可以沉醉于阅读和写作，即使枯守书桌、放弃娱乐也不以为苦。就连那些细碎的流水账都能够找到读者。

我不爱买包，对奢侈品全无兴趣。赚的钱够日常花销，也够去遥远的地方旅行。更重要的是，我对世界有着庞大的好奇心，这种好奇甚至比年幼时更旺盛。

我由衷地理解了伍迪艾伦的话：“曾经我白发苍苍，如今我风华正茂。”

那个曾经日复一日活在别人的期待里、一秒都不敢成为自己的少女，终于钻出了她作茧自缚的壳，自由自在地飞了起来——尽管她早已不再是少女，可她却比任何少女时期都更张扬和自信了。

3.

很多姑娘问我：“你觉得如何才能变得有吸引力，如何才能变得有魅力，如何才能被更多的人喜欢？”

我真想告诉她们：“我也是用了好多好多年才学会一个看起来很简单做起来却很难的道理，那就是永远不要试图取悦任何人，永远不要为了他人而改变自己。”

前几天，我朋友圈里的一个女孩发了一段话：“我做所有的决定都是因为——我愿意，而不是七大姑八大姨说你该怎样怎样，朋友同学说你该怎样怎样。没有一件事比取悦自己更重要。”配图是她开怀大笑的样子。

我真喜欢这样的她。

如今想想，以前我有多少的不快乐源于“别人不喜欢”。

别人说我写得不好，我就不写了。别人说我的衣服不好看，我绝对不会再穿那一件。别人说我选的工作不对，我用了一番长篇大论来解释自己的选择，虽然最后他只是摊摊手耸耸肩表示并不 care。

多少年前，我喜欢的男生说他爱长发的女孩，所以我苦熬短发变长的过程。可他后来只不过是爱上了另一个女生，唯一的借口还是“不爱”。

就在前两年，我信任的朋友说我写的东西并无价值，所以我藏着掖着，有好几个月不敢发布新文章，生怕被批评、被轻视。可后来我才知道我写的东西她连看都没看过，曾经的批评竟然是出于她对我一贯的“印象”。

所以现在多好——我根本不想讨全世界喜欢，我只想讨自己欢喜。

看电影《阳光小美女》的时候，我爱死了那个胖嘟嘟的小女孩。

别人参加选美大赛都戴着皇冠，穿着公主裙。只有她，穿着T恤和短裤，戴一副圆眼镜，小肚子鼓鼓的，跳着根本不能算舞蹈的舞蹈。

可是她多开心啊。她笑得比谁都真挚，她就算长大了，变成了一个平凡的大人，也一定不会忘记曾经的自己。

现在我终于学会了像她一样——我快乐地照自己的意愿活着，谁喜欢还是不喜欢与我都没有关系。

以前别人若说我：“你怎么写得那么烂？”我只会唯唯诺诺暗自伤怀，可如今，我终于敢理直气壮地回复一句：“你一定是看错了，我觉得我写得简直不要太棒。”

我也明白了那种“你永远打不垮我”的信念，它也许不是因为一颗强大的心，而是因为一颗柔软的心——我比任何时候都爱自己。我爱自己的勇敢，也爱自己的软弱；我爱自己大部分时候的慈悲，也爱自己偶尔的苛刻；我知道自己有多么不完美，但我全身心接纳了这种不完美。

所以现在的我仍然爱写鸡汤文，热情地喊口号，急切地呼吁着我认为正确的一切。我仍然留短发、踢足球、一个人旅行，做一切别人认为过于“女汉子”的事情。

我再也不想争取全世界的认同、认可甚至夸赞，我只想要做让自己开心、满足、无愧于自己的事情。

我觉得，这不是自私，不是自恋，而是真正的自爱。

走了那么远，我终于找到自己了。如果你现在还没找到，没关系，我等你，我们一起慢慢找。

你的心里，有没有一盏灯？

“我们还有更长的路要走，没关系，旅途就是生活。”

1.

4 月我去了一座海岛。

坐船往返近七个小时，想要在天黑之前回到陆地的话只能在岛上待一个小时就必须返航。

为了这短暂的一个小时，一贯有晕动症的我扒着船舷狂吐不止。陆地上预报的气温最高 20 摄氏度，但我在海上，感觉气温顶多 5 摄氏度，还有着狂烈的大风。然而，我只穿了最薄的一件大衣。被翻滚起来的海浪打湿衣服和头发之后，我冻得浑身发抖、牙齿打战。

我们坐的船不是宽大的游轮，也不是沉稳的货船，只是一条小船，所以在风浪中颠簸得更加厉害。

海上还有湿重的雾气，能见度极低，视线里最清晰的，只有被摇晃的船身溅起的水花。

人生中必须有一次这样的航行——你被抛进大海的中央，目光所及之处全是水，地平线、海平线全无，只有水，还有天。你无法判断距离、路线，甚至无法判断时间。个人变得无限渺小，只能将命运交付未知的天气和变幻莫测的海况。

我忘了是在哪里看过一句话，说的是人终究要学会保持对自然的敬畏。我是在颠簸的海面上学会了这种敬畏，并且知道也许人类永远都不可能征服大海。

和我同行的船员给我讲他这些年出海的经历。

他曾历经两次漫长的航行，最长的一次，有整整五个月没有靠岸。但这仍然是值得的，因为他在马六甲海峡见过平滑如镜的海面，海水倒映着天上的云彩，仿佛天堂一样的静谧。

他还在北极见过最壮丽的极光，独自躺在船上，为造物主的神奇发出难言的惊叹。他在那一瞬间体验到了“前无古人，后无来者”的孤独，但孤独那么美，让人想在那一秒钟从此消失，消失在无垠的星空之中。

大概这就是旅行的意义——你将全世界风华绝代的景致都尽收囊中。再回到庸常的、乏味的生活里，一打开记忆之门，都是美梦一样的回忆。

你已经看过最美好的那部分世界，于是越来越能够原谅眼前的世俗和日常。

你看过漫山遍野雪一样飞扬的樱花，于是能容忍办公室乱七八糟的纸屑。你看过透明海面下成群结队的鱼群，于是更舍不得斥责这世间的沉重。

他说漫长的航行、短暂的靠岸，让他逐渐地学会了忍耐孤独，也学会了宽容、平和甚至谅解。看过了越多的浩瀚和美丽，越能够接纳水面下的冰川、阳光后的阴影。

这大概也是高晓松所说的诗和远方的意义——你一次次启程，突破所有过去的边界，走向一切未知的领域。你不知道下一个转角会遇见什么，但只要内心澄澈，一切都是惊喜。

2.

三个多小时的颠簸之后，我们终于到了海岛边，却因为雾气太重而无法靠岸。

后来，开始尝试用救生艇上岛，但救生艇无法使用，屡试屡败，所以一船的人只好重新坐回船舱，等着雾气散尽。

我又多忍受了一个半小时的晕船，头抵在墙边几乎要睡着时，听到船员在外面喊："可以上岛了！"

我摇摇晃晃地走出船舱，一座美丽的海岛就这样浮现在面前——那一个瞬间，我觉得之前四个多小时的痛苦通通都值得。

一路登攀，我们看了岛上残留的军事堡垒，还有至今仍在使用中的灯塔，想象着它在夜晚发出永恒的、久远的光芒，在一望无际的黑暗里像一颗大而明亮的星星。

伍尔夫写过一部小说叫《到灯塔去》，讲述一家人历经数年终于抵达灯塔的故事。这部极其意识流的作品，我每每翻阅，都觉得有新的感悟。人这一生，仔细想来不是苦短，而是苦长，总需要一束光、一颗星、一个微弱的信念支撑着。

现在很多年轻人，总是觉得自己沉溺在痛苦的、迷茫的、不值得度过的生活里，大概就是少了这样的一束光和一颗星，少了一个可以经久不息照亮黑暗的“灯塔”。

我喜欢的女作家陈丹燕热爱旅行，她自20世纪90年代初便开始辗转欧洲、美洲各地。她说旅行是她的一颗星。平时像水牛一样辛苦写作，攒够旅费之后便背上行囊出发。远方的一切美好大概就是她的“灯塔”吧。

还有更多的人，比如我兢兢业业做科学研究的朋友，他的灯塔是一篇又一篇成熟的论文和他的领域内不断改进的化学工艺。而我另一个做服装设计的朋友，她的灯塔又时髦又温柔，是将自己的时尚观都做进那些布料和棉线里，然后诞生出最好看的衣服。

20岁之前，我不知道自己的一生该如何度过。20岁之后，我找到了写作——它成了我的一束光和一颗星。

而今年，在我25岁这年，我变成了一个像农夫或者工匠一样的写作者——每天保持规律的产出，不管天气晴好、有无收成，我都播下种子、敲打材料、浇水施肥、打造模具，用我自己最热爱的方式去传递思想、写文章。

老妖说我们有时候发的文章会不会太深刻了，按照“二八原则”，大概只有百分之二十的人会喜欢吧。我说，那也没有关系，毕竟我们不是要取悦剩下的百分之八十的人，而是要唤醒那百分之八十的人啊。

这就是我的“灯塔”吧。我仍然像少年时那样渴望着用自己微弱的力量去改变世界，但如今，我找到了于我而言，最可行的改变世界的方式。

所以如果你也找到了这样的一束光和一颗星，一定要不畏艰险地追逐它，尽管它短期内可能不会给你带来回报，但漫长的追逐一定能够带来回响。

如果你还没找到，一定要多尝试生活中一切感兴趣的事物，去体验、去寻找、去摸索和探寻，直到你终于能感受到灯塔带来的那一束光。

正午两点，近处的雾气都散尽了，我站在高高的灯塔上，看到碧蓝晶莹的海水，还有远处淡白的薄雾，那种旷远带着渺茫的仙气。我拍照的时候恰好一艘船经过，在静碧的海面上划出一条白线。安静的海面失去了上午让我恐惧的风浪，像少女一样清澈迷人。

我想起写了《在路上》的凯鲁亚克，他说：“人生中必须要有一次试着走进荒野，体验一次健康而又难以忍耐的孤独。当你环顾四周发现只有自己可以依靠的时候，才能知晓自身的潜在力量。”

如果可以，真想在这里守岛三个月啊——不为体验孤独，只为和这片海静默厮守。

3.

返程的航行中，我在船舷的一方小窗里向外看，只能看见荡漾着的海浪。我不再恐惧海洋，但仍然对它保有最深沉的敬畏。海底不止两万里，你永远不知道它下面有着多少鱼群，也不知道它发生着多么波澜壮阔的事情。

如果还有机会，我还想要冒着晕船的痛苦再来一次海岛之行，就像凯鲁亚克说的："我还年轻，我渴望上路。带着最初的激情，追寻着最初的梦想，感受着最初的体验，我们上路吧。"

我在20岁那年看到他写的："我们破破烂烂的手提箱，又一次堆放在人行道上。我们还有更长的路要走，不过没关系，旅途就是生活。"

随后的五年，我一直在旅途上，也一直在生活中。他那本《在路上》一直放在我的床头，鼓励着我一次又一次地走向远方。

世界那么大，我们不一定有机会能看到它的全貌。但只看一点也是好的。那蜜糖一样的一点美丽，让我愿意颠簸几个小时前往仍在所不惜，让我愿意付出未来的辛苦只愿纵情前往。

我们上路吧，一起去看看最美好的那部分世界。

一起去找找那座灯塔、那束光，还有那颗星。

我 20 岁那年过得很不好，但我不会一生过得都不好

我如今终于明白了那句话：“你要像一只鸟一样轻，而不是一根羽毛。”

1.

去年冬天，漫长的深夜，我裹在被子里开一盏昏黄的小台灯看《白色流淌一片》，蒋峰写的。一个长春人，写着似乎和“白色”毫无关系的一切。

我太喜欢这本书了，好多人和我一样，对封面上的那句文案念念不忘。

他说：“我 22 岁那年过得并不好，但我不会一生过得都不好。”

看那本书的那几天，我夜夜沉入深重的梦境，梦境里全是自己的 20 岁。是的，如果将这句话代入到我的身上，那便是“我 20 岁那年过得很不好，但我不会一生过得都不好”。

你还记得自己 20 岁的时候吗？

我大概永远都不会忘记。

不会忘记自己像溺水的人一样泅渡的经历，不会忘记每一分每一秒被迷茫、困惑和痛苦绑架的光阴。

前天，我发了文章《此人有毒，趁早绝交》，看到好几条留言里说："终于不是只有自己在 20 岁时过得那么自卑和迷乱了。"还有人说："我的 20 岁也这么糟糕，以后会好吗？"

你看人人都说青春好，可青春的好大概只在于年轻吧。可青春全部的不好一定也在于年轻——贫穷、慌乱又不知所措的年轻。

因为太年轻了，所以任何微妙的、微小的、微不足道的情绪都会变成惊雷，轰隆轰隆，经久不息。你听到别人否定了你，就再也不相信自己的光芒和荣耀。你因为别人不正视你，便轻易地开始怀疑自己。

因为太年轻了，你以为身边相拥之人可以走到永远，可一转身，大家连影子都模糊殆尽，多少轻飘飘的告别就此成了永别，而你从不自知。

也是因为太年轻了，胆怯和畏惧的时日总比勇敢的时日要多，而你明明知道的，人生不应该这么度过。可人生究竟该怎么度过，你又完完全全了无答案。

传说中的"最好的时光呢"就是这样消磨殆尽的，你慢慢地沉入旋涡中，每一秒都带着挣扎和惶恐。

而最好的时光呢——最好的时光好像都只在别人身上。

2.

4 月最晴暖的一天，我出差路过我的研究生母校，尽管行程紧促，但仍然以最快的速度在学校里逛了一圈。

每一次旧地重游都是一次回忆里的冒险。

因为上学早，我读研的时候 20 岁，毕业的时候 23 岁。回忆起来，20 岁那一年全然昏暗无光。

那一年课程无比紧张，几乎全天都在教室里泡着，不是上课就是上自习。数学不好的我被“三高”（高级宏观经济学、高级微观经济学、高级计量经济学）折磨得头痛至极，每一秒钟都想从教室里逃出去。

短暂的寒假里，我在银行实习，日日站在大堂里看着门外的街道。由于修路，天气越晴朗，它越灰尘弥漫。我穿着高跟鞋，站得两脚胀痛，小心翼翼地露出笑容应付领导和刁蛮的客户。生活的真相猝不及防地扑向了我，而我毫无准备。

我在那一年里变成了一个“一无是处”的人。

在学校成绩不好，被老师当众批评，在大学四年里辛辛苦苦建立的自信瞬间崩塌成粉末，我才意识到在别人的眼里我简直不如任何人。

实习时业绩不佳，银行的一个正式员工几乎从来都没有用正眼看过我，就连她安排工作都是：“哎，那谁，你过来一下。”

那时好友小煜已经远走美国，另一个好友也远走非洲，我孑然一身地走在路上，心中几近空无一物。

20 岁时最大的痛苦，除了“一无是处”，还有“无可诉说”。

就像四年之后，我终于能够走在那个校园里向朋友讲述过往的一切，讲述一切当时我羞于启齿，认为所有人都那么强大唯独我这么不堪一击的事情。

当年在那么漫长又焦灼的一年里，我假装和他们一样强大，就连笑容都尽我所能地保持露出八颗牙齿。

你无法向任何人诉说，诉说这毫无来路却迟迟不走的一切痛苦。

四年之后，我和朋友走在校园里，花开得热烈而灿烂，就像我迟到的最好的时光一样。

我跟朋友说，你看在这间教室里，我被狠狠地训了一顿，在所有人都走了之后一个人边收拾东西边强忍着眼泪，告诉自己哭了就输了，你决不能哭。

我还跟他说，你看在这栋楼上，多少次我站在十七楼的窗边，幻想着自己能够像一片羽毛一样飘落。

那个校园好像变了，又好像没变。而事到如今，我终于可以承认，我从来没有爱过它。

我也终于可以承认，我从来不感谢那些痛苦的岁月，只感谢那个一路狂奔终于将痛苦远远甩在身后的自己。

我不爱它，但我爱那个在图书馆的二楼窗边看掉了几百本书的自己，也爱那个在面试前通宵熬夜准备几十个即兴演讲题目的自己。

我的 20 岁很不好，甚至很糟糕。那一年里，我甚至以为，自己的一生也许永远都不会好了。

但日子还是一天又一天地好了起来。

我遇见了东野圭吾，在 8 月盛夏，一个人坐在窗边看他的书。他给了我多少充实和快乐，让我多年之后，指着那扇曾经熟悉的窗，仍然有好多感慨呼之欲出。

我遇见了更多的优秀导师。苏格拉底曾写过："教育的目的不是灌输，而是点燃火焰。"而我的导师说："我们都应该庆幸自己走入了经济学这个学科，因为它从一开始就揭示了人类生活的本质。"听课的人都目光灼灼，几年之后，我们仍是挚友，紧拉着手走入社会汹涌的潮水中。我们的情意因此而更加珍贵，因为那不是少年时的玩伴，而是成年后的战友。

但我还是心疼那个曾经哭不出来的自己，让我更珍惜如今终于云淡风轻的日子，甚至更珍惜自己对自己的爱。

是的，我终于爱上了自己。不再轻易因为别人的否定就坠入自卑的深渊，挣扎着从一件又一件的小事里寻找光源后的方向。

那天的最后，我重新走入图书馆，看到的是米沃什的诗。

一切都像一场梦境般的隐喻。因为他说："你因梦想而在这个世上受苦，就像一条河流，因云和树的倒影不是云和树而受苦。你爱过，希望过，但没有结果。你追求过而且几乎抓住，但世界比你更快。现在，你终于能见到你的幻影了。"

他还说："眼泪，眼泪，但是我们后来才哭，在光天化日之下，决不在那个时候。"

3.

我收到无数的来信，来自 20 岁上下的年轻人。

选错了专业，找错了工作，爱错了人。被人轻视，被人忽略，被人弃绝。

要不要远走他乡，要不要回到旧地，要不要和谁谁谁相拥、相恋或者告别。

我知道对于当下的你，每一个问题都那么困顿、那么庞大，可是你若能看到我的邮箱里密密麻麻的倾诉，便会知道，日光之下其实全无新事。

我们都在经历的，是大同小异的痛苦，而我只能告诉你——会好的，真的会好起来的。

回顾我过去的三四年，如果非要总结一点经验，如果一定要提供一些方法论的东西，那么大抵有以下几条：

读名人传记，读一切伟大的人的传记，感受他们是如何在漫长的一生中痛苦然后蜕变。随后，想象若你的一生也可以变成一部传记，那么你如今度过的一切不过是一个篇章里面微不足道的一页，甚至一句。眼下的所有不堪，都是未来可以“一笔带过”的事情。你要有宽宏的视角，去学着俯视这渺茫的众生。

找到自己的兴趣，不管这个兴趣是多么微小的东西，钻研它，享受它。如果愿意，要争取一切可能，让它可以给你带来收入、带来财富。最美好的工作必然是和兴趣相关，这是毋庸置疑的。

远离负能量的源泉，尽可能地远离让你不快乐的人。如果无法远离，就要调整心态。你可是自己故事里的主角啊，千万不要被那些路人甲、乙、丙、丁轻易挫伤和打败。

放下手机，多出门，看花、看草、看天空，看一切开阔的美好的事物。你要发现这个世界多么值得深爱。

当然了，最重要的事情还有一件，就是你要非常非常努力，为自己找到出路。出路不是等来的，你要往前走，东西南北，四面八方，能走的路都去试试，总有一条，可以走通。

如果都走不通，那么立地成佛，潜心修炼，修炼学业、学历，修炼职场技能，待到功成名就，一定有路。

4.

我 20 岁那年过得很不好，甚至很糟糕。我质疑这世间所有的爱，却对丑陋和恨意深信不疑。

但后来，一切都好了起来。我甚至很难再对生活绝望，再也不像当年，想从高楼上跃下变成一根羽毛。

那时候，我觉得做羽毛多好，多轻摇和自在，但我如今终于明白了那句话“你要像一只鸟一样轻，而不是一根羽毛”。

是的，我终于变得像一只鸟儿一样轻。它有负重，要在恶劣的风暴中挥展翅膀，但它那么自由，不再心心念念于他人的肯定来印证自我的荣耀，而是靠自己的翅膀去最想抵达的湖和山海。

《白色流淌一片》里的最后一句，写的是“从此以后，没有人再见到许佳明”。

也许这就是成长的真相吧——我们原谅了过去一切不可原谅的事物，终于一身轻松，走向远方。

我重新站在 4 月如水的春夜里，稀薄的月色从紧闭的窗边溜进来，落尽一盏星光。我听到天空在酝酿一场雨，就像我每天都酝酿新的命运一样。

而我只想跟你说，不管你现在是多少岁，不管你现在过得好不好，都一定要相信，我们的一生不会过得都不好。

旅行是一片阿司匹林

人生宽宏，清尘落地，她越走越远，再想起落英缤纷般的旧事，竟然没有任何遗憾了。

1.

第一次独自旅行，我去了一个北方小城，不是有特色景点的旅行胜地，也不是足以吸引人群的华丽都市。

可对于一个刚失恋的年轻女孩来说，与其说那是一次旅行，不如说是一场心碎的逃离。

七个小时的夜行火车，空调很凉，我裹着一件旧毛衣蜷缩在座位上，从车窗外日光隐退一直看到繁星初亮。

黎明下车，我和那个陌生的城市一起迎来一个看起来过分热烈的清晨。它不发达，道路拥挤，耳边都是我完全听不懂的嘈杂乡音，但每一个细节都像染了墨迹般难忘。

记得自己入住的青旅房间叫“斯里兰卡”，它让我想起小时候读过的童话《尼尔斯骑鹅旅行记》，那个因为任性被惩罚变成小人的男孩曾站在白鹅翅膀上俯瞰斯里兰卡，对那片寂寞又深沉的蓝发出惊叹。也记得那座城的中心有一条大河，暴雨突至的傍晚，它甚至露出了一副波澜壮阔的意味。

几年之后，市面上充斥着的各类旅行书里，主人公多是因为失恋和辞职而出走，想要用旅行来忘记和释怀一切。可我记得自己在那个陌生的城市，用青旅前台的电脑给前任发 QQ 消息，一字一句，说的还是那句：“你真的不爱我了吗？”没说出口的其实还有，“她哪里比我好？”

旅行，其实不能让你忘记什么。纵然走过千山万水，枯守在原地的，还是被旧爱囚禁的那颗心。

可旅行还是好的。如果山花烂漫还不足以治愈人心，那么治愈人心的多半是一种假想——这么大的城市里，车如流水马如龙，失望和心碎那么多，可每个人还是像旺盛的植物一样活着。

他们一定也经过风霜和雨打吧，可他们仍然安然无恙、面带笑容、生机勃勃地活着。

“我也一定可以做到。”于是就有了这样赌气般的承诺。

我猜这便是旅行的一个意义——你纵使逃到千山万水，发现日子还是要照过。于是深吸一口气，收拾旧山河，重新扎入残酷生活的汪洋里。它缓和不了失恋的痛苦和工作的重负，但却在某种程度上给了你新的勇气。

“我不过是失去了爱。就算失去一切，也能重新活过。”站在人潮汹涌的陌生街道上，我轻轻闭上眼，这样告诉自己。

2.

第一次独自旅行的最后一天，我坐白天的火车回学校。绿皮火车在山野与河流交错的腹地上缓慢穿行，略微清凉的风灌满薄荷绿的窗帘，华北平原上日光倾城。

我对面坐着一位阿姨，她是一所大学的心理学老师，看着我一直隐隐含泪的双眼，于是在路上和我聊起《约伯记》。

她说约伯被夺去妻儿、家仆、牲畜、家产以及一切，匍匐在一无所有的苍茫大地上，他苦苦叩问："我已虔诚至此，何必要将如此苦难施与我身？"

她说："我们至轻至暂的苦楚，是为成就我们极重以及无比永远的荣耀。我祈祷你的未来长路坦荡，再也不必为他人哭泣。"

我就这样和阿姨成了忘年之交。在那之后，她好多次打电话给我，说痛苦哪有什么用，不被它绑架的唯一方式就是往前走。她还说人类最崇高的品德不是助人，而是原谅。原谅一个人不是与他和解，而是与自己和解。

我果然在她的安慰下一天天好了起来，开始重新元气满满地上课下课、走路生活。痛苦也一天天被抛在脑后，我不再对前任心怀恨意，却仍然对爱充满相信和渴望。这些都是阿姨教会我的事。从那之后，我学会了永远心怀慈悲和善意，不管他人如何，慈悲和善意都是最好的选择。

像我这种生活圈子极窄的人，却在旅行里结识了众多的好友。

阿姨是第一个，却不是最后一个。他们有的是从名校休学一年前去偏远山区支教的年轻小姑娘，有的是从台湾来到大陆自费旅行，为了完成一份社会报告的大学生。

当我的生活像枯井一样干涸的时候，我在那些擦肩而过的陌生人里发现了另一种新鲜甚至高尚的生活，这让我忍不住为自己的单薄而自惭形秽，转身想要尝试另一种生活方式。

钱钟书先生写过《围城》之后，很多人相信了旅行是检验爱情的绝佳方式。其实旅行不只能检验爱情，检验友情也是一样的道理。

有些人只能共逛街、共八卦、共饮茶和喝咖啡，却不能共奔波、共风雨、共颠簸数千里。所以要检验你们可否成为一生的伴侣或挚友，一次旅行足矣。有的人连因天气骤变，和你滞留在机场等待飞机起飞都没有耐心，漫漫人生路，又如何能走得下去。

那些一起旅行的人，我们曾在凌晨零下十几摄氏度的山顶抱团取暖，远处是山河之上的壮丽日出，彼此对视的眼眸里全是感动的惊叹；也曾在海拔五千多米的雪山哈着气牵着手往前走，一起为映入眼眸的澄澈冰河湿润了眼眶。

如果一定要谈论旅行的另一个意义，那便是我们新的情意在旅行中迸发，旧的情意也在旅行中发酵。

我们在旅行里遇见彼此，在擦肩而过的那一秒钟停下了脚步，于是茫茫人海中少了两个陌生人，却多了一对友人。

世界那么大，我不仅想去看风景，还想看看有多少人在和我过着不一样的人生，拥有着我已经缺失的勇气，拥抱着多么温柔的彼此。

3.

小时候听过一首歌叫《我想去桂林》，歌词里说："我想去桂林呀，我想去桂林，可是有时间的时候我却没有钱。我想去桂林呀，我想去桂林，可是有了钱的时候我却没时间。"

长大之后才发现当你想去桂林的时候，一定可以去成。

上学时，没有钱但有时间，所以我选择最安全的穷游方式。坐普通火车的硬座，住 50 元一夜的青旅，门票可以用学生证打折，在青旅里遇到行程相同的小伙伴还可以一起拼车。

有人批判穷游时说，那么穷就不要旅行了。我一点都不赞同。没钱有没钱的旅行方式，但年轻时遇到美景的惊叹和震撼远非 50 岁时可比。

为了订一个偏远且便宜的宾馆，我和闺密穿越大半个苏州城区，却看到了旅行攻略上鲜少出现的美好；因为青旅的老板说房间只留到夜晚十一点，所以我们在深夜杭州的街道上边狂奔边大笑，初秋满城的桂花香甜得竟有点哀愁，可我们那么年轻，似乎什么都能够拥有；在遥远又严寒的黑龙江小城，街道结满了冰，我们接二连三地摔倒，挣扎着难以站起，索性坐在地上笑出了眼泪，人生再没有多少尴尬的时刻能让我们如此开怀；在春末的西塘，我和朋友坐在微凉的石阶上彻夜倾谈还未觉尽兴，手边的清酒喝了一杯又一杯，一直看着所有酒吧的灯火都熄灭，天上的星星却亮了起来。

工作之后，虽然有了存款，却再也没有了那么长的假期。但我仍然在周末坚持出行。能买到合适的机票，周五下班后出发，周日晚上返回，用两天体验一个城市的山水，也是一趟绝佳的旅程。

为了旅费，我心甘情愿地努力工作、写稿攒钱。想着周末即将踏上新的土地，那些办公室里同事的龃龉、工作的烦闷早已不足为惧。

就像我喜欢的作家王欣（反裤衩阵地）曾说："想来想去，还是努力工作最靠谱。不然心情不好时只能买两瓶啤酒、一兜毛豆坐在路边嗷嗷儿地哭，努力工作的话，就能躺在箱根的山中温泉里敷上面膜止住眼泪。"

这世间有那么壮阔的风景，山远水长，月白风清，而世界之大，我永远看不过来。将精力花在他人口舌上，岂不浪费？

怀着这样美好的想象与希望，我一夜无梦，安枕好眠。且待他日醒来，又是一朝好风好景。

而我想起那个因为失恋在火车上哭泣的姑娘，她失去了一个人，却被辽阔无边的全世界温柔接纳。

人生宽宏，清尘落地，她越走越远，再想起落英缤纷般的旧事，竟然没有任何遗憾了。

如果异乡成故乡

冬来无雪，天地大白，正看到一轮莹黄月亮，远处天空中一朵烟花乍然盛开。那一瞬间，我相信了世界对我的深爱与馈赠。

1.

两年前的初夏，凤凰花火红如灿灿晚霞的时候，我和阿染还没等毕业典礼结束就抵达了这座小城。

全班三十人，各自四散，有的直奔北上广，有的潇洒回故乡，只有我和阿染拿到了同一个城市的offer。青岛是个海滨城市，初夏微风尚凉，大海的味道飘过来，是一种特别的新鲜。

新公司缺人手、催得急，恨不得让人抵达当晚就连夜开工干活，无奈我们初来乍到无处下榻，这才给了三天时间找房子。

如果旅行、考试、购物都能有攻略，租房肯定是没有攻略的那一个。朋友们都警告千万不要找中介啊，可阿染拉着我在公司附近的各个小区转了一上午仍然一无所获之后，我们还是走进了中介的大门。

热情的中介小哥听完了我们的要求，立马就带我们去了附近的一个小区，一路上说了待租房屋的一百个好处。

进了房门，果然和他说的一样——干净、整洁、布局合理。阳台上还有雕花铁栏杆和洁白蕾丝窗帘，让我脑海中顿时浮现出喝着红茶看书的惬意午后。

听到房东公道的价格，我和阿染喜不自胜，简直不敢相信自己的好运气，不假思索地签下了租房合同，也按合同要求立即交给了房东三千元押金和三个月的房租。

既然床铺都是现成的，我们索性当天就提着行李箱住了进去。两个人忙上忙下地打扫卫生，甚至将沙发套与窗帘都用消毒水清洗干净了，却没想到在收拾储藏室时看到了一份房主忘了收起来的文件，上面写着某某某死亡证明。某某某是房东的前妻，几年前去世了。最让人心里别扭的是，这房子的户主仍然是她，我们下午才以她的名义交了这个月的水电费。

我劝阿染："没关系吧，生老病死嘛，这也挺正常的。"可胆小的阿染想想便毛骨悚然，整整一夜没敢合眼。

我们只好联系了房东和中介小哥，想要商量退租事宜。房东自然不快，进了门上下打量一番便开始指责我们没经过允许就清洗了窗帘，全然忘了前一天说的"窗帘、沙发套什么的不太干净，你们自己洗洗就行了……"我紧接着辩驳一句："你昨天说我们可以洗的！"话音未落，他摆摆手，万分嫌恶地说："行了，我也不跟你们争辩了，赔 800 块钱吧。”

用一句网上颇流行的话来总结我和阿染听到这句话的心情，真是“我和我的小伙伴们都惊呆了”。

暴脾气的我简直想撸袖子上去打人，还是阿染紧紧拉住了我。我一回头看见她眼底隐隐约约的泪，只好忍了下来。

最终还是中介小哥从中调停，让房东放下了如此“丧心病狂”的要求。房东黑着一张脸走了，带走了我们昨天才交上的 3000 元押金，走之前留下的最后一句话是：“一个小时之内把你们的东西都搬走，卫生打扫干净，你们不住，还有别人来看房子。”

2.

如果一个城市想让一个人失望，一定有千万种方法，我猜“租房不顺”绝对是第一个方法，也是屡试不爽的方法。

我和阿染迅速地搬离了那个家，手边除了原来的行李箱，还有前一天刚买的扫帚、垃圾桶等卫生工具。不过是一天时间，3000 元随风飘逝，穿着高跟凉鞋的我们一手一个拖把，尴尬地站在陌生的街道上，相顾只剩无言。

海风仍然清凉湿润，可吹到心底，却成了冰冷的猎猎长风。青城，这个毕业前向往了无数次的城市，竟让我们初来便险些落泪，无从诉苦。

时间迫切，虽然一肚子怨愤和委屈，可我们还是将乱七八糟的行李暂存到同事家，继续在周围的小区里晃荡。一天里看了十几套房源，有的没暖气，有的没家具，有的房租太高，有的仍有租户，就在我们临近绝望的时候，阿染的同事问我们愿不愿意租一栋老房子。

老房子是他邻居的。租金也便宜，只是房子不大，小区也太老，所以一直不好租。

在那个 50 平方米的房子里，我的房间还不到 10 平方米，全部的家具不过一张小床、一个衣柜。虽然有些不满，但是我和阿染已经筋疲力尽，还是决定租了下来。

我们打扫了好几天，灰尘都散尽，才终于能住进去。窗帘太长，我洗干净后减掉了三分之一的长度，又用针线细细地缝了起来，直至它恰到好处地垂到窗边，斜漏进若有似无的清风。阿染觉得原本的墙壁太斑白陈旧，我们又忙了一个下午，才将淡粉色的墙纸铺满了墙壁。

当时恰好已近书稿的截止日，所以我迫不及待地需要一张书桌。阿染和我去了附近的旧货市场，在整整一条街，便宜实用、尺寸各异的旧家具里淘到了一张乳白色的书桌，让我的台灯、日记本和电脑都有了安家之所。

新书写完，生活的闲暇多了一点。我又在旧货市场上淘了物美价廉的书架，将珍爱的书一本一本地摆上。也买了冰蓝色的花瓶放在窗前，下班路上带回一束雏菊，看它们热热闹闹地盛开着一屋清芬。

阿染的房间稍微大些，她从小弹到大的木吉他斜斜地挂在老式衣柜外，颜色竟出奇地相配。厨艺不错的阿染一下班就钻进小小的厨房，尽管只有最简单的炊具，但我还是常常闻到美味的菜香。

我写完稿，她加完班，我们泡杯红茶倚在客厅新买的长沙发上，看着已经被装扮得“面目全非”的房子，心里终于有了踏实的安定。铁锈红的茶色在杯中慢慢地升腾，夜色悄默地从窗帘一角爬上来，那种稀疏却汩汩流动着的温暖，竟让我们恍惚间觉得回到了最熟悉的故乡。

门外小区仍然陈旧古板，可是走过灰暗的楼梯一进门，我们都迎来了最中意的生活。这个庞大的世间，人人如蝼蚁一般奔忙的城市，我对嘈杂有过躲避瘟疫一样的厌弃，才终于明了“推门见南山，梅花纷纷落”的意境其实全在人心。

3.

以前曾看过刘瑜写自己的独居生活：“后来我的宿舍还是四人间，没有光线，屋里还是堆满了难看的家具和行李箱，屋顶还是霉烂斑驳——但是我有了一堵蓝黄格子的墙！晚上靠在床头，别人睡着了，我看着那堵墙，无比欢喜，心里有小火苗噼里啪啦地响。”

我太能懂得了——那个小火苗微弱的响动，那个并不明亮的房间里闪烁着星河一样壮阔的光芒。

如今回想，我在那里流过好多眼泪，为新工作的坎坷与不顺，为不可言说的眼疾和耳疾，为得不到的爱。它像一个温柔的倾听者，任我以各种狼狈的姿势倾吐苦水，也看着我第二天仍以倔强无害的姿势重新示人。

我也在那里度过了最丰沛的成长期。读了几百本书，出版了自己的第一本书，又开始写第二本。工作上出现了微小的进步，连带着生活变得日趋丰盈饱满。

阿染也是。

她还遇见了对的人。那个男生每晚送她回家，她再也不怕漫长黑暗的巷子里自己要打着手电筒战战兢兢地走过。

他也站在小区的门口，温柔地对她说了声“我爱你”。那日春天正是盛时，听阿染说，身前身后，粉色樱花开得热烈，可再美好都不及眼前人深切漆黑的眼眸。

前段时间，阿染跳槽去了另一个城市。好事不独至，我一边帮她收拾行李，一边看她因为幸福而安然微红的面庞，手边抚过她新拍的婚纱照，指尖不忍拿开，心里是我们一路走来的苍苍茫茫。

纵然这个城市曾以冷雨相迎，但多好啊，有人愿陪她一起淋雨，而我，也学会了如何最快地找到避雨之地。

4.

阿染走后，我新租了一套一居室。虽然距离公司远了一点，但房子崭新了很多。我像蜗牛一样，背着沉重的书、零散的衣物搬了进去，冰蓝色花瓶摆在窗前之后心底便有了稍稍的安定。

我早已不再惧怕租房，也不再惧怕一个人搬家。

下班之后重新去探索周围的风景与建筑，菜市场、理发店、好吃的面包店、裁缝铺子一个个走过，将市井的活色生香看个够。也去熟悉新的生活，距离最近的快递公司、超市打烊的时间、便利的公交车站，周末在市立图书馆消磨一个午后，是独属于自己的悠然惬意。

有一天下班回家，我沿着长长的街道散步，红的、绿的辣椒点缀在手提袋里。走进楼下的便利店，50 多岁的店主阿姨笑眯眯地迎上来。提着琐碎的东西结账离开，她在我身后轻轻地说："慢走，再来。"

我也笑着回头，玄关处的风铃叮叮当当地响起来。冬来无雪，天地大白，正看到一轮莹黄月亮，远处天空中一朵烟花乍然盛开。

那一瞬间，我相信了世界对我的深爱与馈赠。

从一所房子搬到另一所房子，租客易走，而这一路的成长颠簸却从未停下。转眼异乡成故乡，因为那些房间里温暖的灯光和熟悉的清香，我知道这个曾经那么陌生和冷酷的城市，也会愿意给我一个温柔的拥抱，让我不再轻言孤独。

孤独究竟教会了我什么?

我就是在这七年的孤独里，变成了一个“浑蛋”一样的人——纵行天地，用双手去打破命运，再用双手去创造一切。

1.

有一天，有个读者问我，你是如何忍受孤独的?

我很惊讶，心想哪里是忍受，明明是享受啊。

这些年我一个人做的事太多了。孤独的日常就是一个人吃饭、一个人散步、一个人逛街、一个人旅行……

朋友说，听起来有点凄凉哦。

我说，从没感觉到凄凉啊。也许被动意义上的“孤独”会有些凄凉，可对于我来说，不是孤独选择了我，而是我主动选择了孤独。

读大学时，我很少在宿舍，大部分的时间都是在一个自习室里度过。大学自习室非常宽敞，我在一个座位上坐了三年之久。每天的时光都很安静，我在那里学了新概念 4，考了研；失恋之后，我在那个座位上独自看了好多本书，就连读书笔记都做了厚厚的几本。

也是在那间教室，我认识了好几个朋友。我们闲时会在教室外面聊天。那个男生，从科学院毕业之后去了遥远的非洲。那个女生，我后来很久没有见过，但仍记得她把好多考研数学题的答案讲给我。

读研了，我仍然大部分时间都选择自己一个人。有时候我们全天都有课，全班同学几乎 12 个小时都在一起。每逢此时，我一定要在晚上最后一节课下课之后和舍友说："你们先回去吧，我要出去走走。"

我也不会走到多远的地方，不过是沿着校园里的小路闲逛。可是我每天一定要有至少一个小时的独处的时间，即使推掉好玩的聚会也在所不惜。因为那一个小时的"孤独"简直成了我无法或缺的盐分。我无比享受那一个小时的时间，任由思绪天马行空，却不会放纵迷茫、困惑和胆怯这些负面情绪吞噬我。在那一个又一个小时里，不善于向外界求助的我，消化了多少贫乏和不安，也慢慢想通了未来要走的路。

就算放假在家，我每天也会挑出时间单独出门散步，或者去市图书馆寻一间安静的阅览室静静地待着。好多个盛夏的黄昏，我骑着自行车飞驰在城郊宽阔无人的马路上，视线尽头是一轮浑圆的落日，汗湿的头发被风吹干，那样的纵情与飞扬让我愿用一生去记取。也有好多个春天，我独自坐在缓慢前行的火车上，看到窗外粉红、淡紫色的花海像水彩画一样闪过，我只记得好时光那么稀薄，而春日迟迟，从来不等我们定睛细看便稍纵即逝。

就在这七年的孤独中，我从 16 岁长到了 23 岁，以每年平均 150 本的速度看掉了大约 1000 本书，还写完了第一本书。多少年后，那些好多人一起聚餐时喝的酒、说的话，那些为了强求融入宿舍的气氛而跟风看的电视剧和综艺节目，我一点儿都不记得了。

可那些一个人孤独攀爬、泅渡，像荒原上的羚羊一样飞快奔跑的时光，却一刻都没有走失，全蜕变成了青春纪念册上的字迹，那么沉厚，那么深刻。

这就是孤独教给我的事吧。

它让我在最年轻的、最躁动的时光里选择了一个最安静的角落。我远离喧嚣和娱乐，却收获了对于青春而言更为宝贵的东西。没有什么比成长更重要，没有什么比一点点超越旧日里胆小的、脆弱的、无知的自己更重要。

你若要问我，悲伤的时候、绝望的时候你也一个人度过吗？

那当然。自助者天助，冯唐都说了，内心强大到浑蛋，比什么都重要。

我就是在这七年的孤独里，变成了一个“浑蛋”一样的人——纵行天地，用双手去打破命运，再用双手去创造一切。

2.

工作之后，每一个上班的白天都很嘈杂。所以我简直付出一切，只为求得下班后一张安静的书桌。

这两年，我又多了很多一个人做的事情。

今年 1 月，我一个人去泡温泉。露天温泉在零下近 10 摄氏度的室外热腾腾地冒着白气，我敷一张面膜，带去了我最喜欢喝的果汁，看完了东野圭吾的小说《圣女的救济》。冬日的傍晚，远处的落日像裹了薄纱一样模糊，而我从未如此快乐而又轻松地享受过年轻。

我也经常一个人去看电影。有时候去得晚了，整整一排都坐满了人，旁人看我的目光竟然都是惊讶，可这丝毫不影响我的观影体验。而购票的过程甚至比人多更好，因为我总能以最快的速度敲定离我最近的电影院里最合适的那张票。散场之后，我坐在漆黑的电影院里回味刚才一切意犹未尽的情绪，像刚捕到了猎物的猎人一样兴奋和满足。

在每一个“没有任何人在我身边”的时刻，我都享受这样的安宁和静谧，甚至求取这样的安宁和静谧，因为它让安静而略显深刻的思索成为可能，而对于每一个写作者来说，深刻的思索比什么都重要。

昨晚我看苏珊·桑塔格的访谈录《我幻想着粉碎现有的一切》，访谈者说：“她的一生见证了思考人生如何成为一种令生命更加完整和丰富的活动。”而苏珊·桑塔格也曾赞同一句话：“没有思考，人类的心灵就死了。”

所以这是孤独教会我的另外一件事儿吧——让我有机会沉入思考，力争不被表层和肤浅所打败，竭尽全力去构建一个完整又不断深入的精神世界。

科技如此发达的今天，再想要安静的、纯粹的孤独，其实已经变成了很难的事情。在微信此起彼伏的提示音中，在密密麻麻的手机 APP 里，孤独反而无处可寻了。

于是我愈加相信，那些敢于孤独的人才会变得不一样。比如，我认识的一位写作者，她为了完成书稿，在一间无网络、无电视的房间里过了三个月，手机也只作为最基本的通话工具。

而我一直相信，在一个复杂的、波涛汹涌的社会中，有越多勇于思考、不随波逐流的年轻人，这个社会就越有希望。读书、学习、反省、实践是通向理智的必由之路，一个一个更理智的人才能组成更理智的社会，才能诞生更崇高的自由。

回想漫长的青春岁月，在所有娱乐节目都拉着我沉溺于喧嚣时，是稀薄的、可贵的孤独让我有机会成为不一样的自己。不得不承认，我是在一次又一次独自摸索和思考的旅程中变成了如今的自己，而一切摸索和思考的旅程都必然是一个人完成的。

我们选择孤独，随后选择深刻。这不是我们在这个世间唯一的选择，却是我最想要的选择。

3.

每当我想到孤独的时候，眼前总是闪现一些优雅的人物形象。

比如电影《无耻浑蛋》里，那个失去了所有家人变成孤儿隐蔽在人群中的年轻女孩，嘴边叼着一根细细的香烟，坐在咖啡馆里静静地看书。

比如简·奥斯汀，她一生孤独，却从未失却写作的热情。

我看凡·高的书信体自传《亲爱的提奥》，这是他从 24 岁至 37 岁写给弟弟提奥的信。我向朋友推荐的时候说，这是关于一个年轻的艺术家如何克服孤独、贫苦和默默无闻的书。

他练习了几十遍后来成为名画的那幅《吃土豆的人》，他的言语中充斥着诸如“我的作品赚不了钱，我需要金钱，才能够进行创作，困难就在于此”“哈维先生已经答应要买我的这几幅画作，到时候我就有生活的保障了”之类的话语。在这样的困顿和无望中，他更经常做的是自我鼓励：“虽然事与愿违，也必须重新鼓起勇气来，因为伟大的事业不是凭一下子的冲击就能成功，而是由一系列的小事积聚起来的。”“学会忍耐，不要自怜，这是唯一实际的事。”

尽管他自杀离世，但我仍然从那厚厚的书信中感受到了庞大的希望，以及如何在孤独中完成一趟自我实现之旅。

你不得不承认，在最高的意义上，是孤独创造了我们。甚至，是孤独让我们区别于他人。

而在最深刻的层面上，我们在孤独时做的事情，决定了我们将会成为什么样的人。

作家宁远在她的书《远远的村庄》中说过一句话，我非常认同。她说：“无聊是非常有必要的，一个人在空白时间所做的事，决定了这个人和其他人根本的不同。”

所以孤独时你都做些什么？

给朋友打漫长的电话？看没完没了的电视剧和综艺节目？组织吃饭、唱歌、聚会？一刻不停地逃避孤独？

还是一个人跑步、看书？策划一场远行？去陌生的街区走走逛逛？

本质上，我承认生活的无趣，但我更承认，勇敢、努力地克服掉无趣，将所有无趣的时光变得妙趣横生的人，才能真正接纳甚至重建生活本身。

我渴望孤独，甚至热爱孤独，因为我热爱一个人追逐自我的时刻。没有任何人自我实现的过程是在嘈杂的聚会上，自我实现需要审慎的思索、冷静的克制和枯燥的坚持。

而这些，一定是一个人的时候完成的。

有人说，“无法享受孤独的人不配拥有孤独”，而我只想说：“无法享受孤独的人终将错过孤独。”

我知道你和我一样，一个人走过了很多夜半无人的街和风雨兼程的路。我知道你也一样，向往两个人的温暖和能够相互扶持的征程。

但我更知道，我们比任何时候都需要正视孤独，并且珍爱所有一个人的时光。不仅因为好时光不可辜负，更因为其实任何光荣的事情，都是你一个人的时候干出来的，真的。

励志偶像王潇（潇洒姐）曾在微博上发起过一个“每天专注三小时”的活动。在这三个小时里，她和丈夫分开，各自去做设定好的计划和任务，一个读书写作，另一个运动健身。我是从她的故事里知道，即便两个人在一起，孤独仍然是最高的自由，孤独还是自我对自我最无与伦比的成全。

所以你愿意孤独吗？你敢于孤独吗？

与其忍受孤独，不如热爱孤独吧。因为你最终收获的一切，将远远超过你的忍受和付出。

它永远不会辜负你

多少个好风好日，都是阅读陪着我。多少个凄风冷雨，也是阅读救了我。

1.

2000 年的盛夏，我 9 岁，在家里过着百无聊赖的暑假。书架上的书除了插图童话、《十万个为什么》，就是《小学生作文全集》，远远不够看了。

我在好朋友的家里看到了一本《中学语文读本》，是她姐姐的。随手翻开，全是不认识的人名：萧红、张爱玲、欧亨利……于是迫不及待地借了回家。

就是在那天下午，我躺在闷热的床上，看到了莫言的短篇小说《夜渔》。好多年后，再看他的长篇小说《蛙》《红树林》，几乎不能将共同的记忆粘连起来，因为《夜渔》在那个午后带给我的冲击如此深刻，以致我过目难忘。

长大之后，在夜半缥缥缈缈的月光下，在每一次聚会酒入半酣之时，我给好多朋友讲过那篇简短却奇妙的故事，文章最后一首小诗“镰刀斧头枪，葱蒜萝卜姜。得断肠时即断肠，榴莲树上结槟榔”简直一生铭记。莫言得诺贝尔文学奖之后所有人都在谈论他的长篇小说，我却只记得他那篇《夜渔》如何打动了 9 岁时的我——关于命运，关于神迹，关于“每一场相遇都是久别重逢”。

10 岁那年，又是暑假，新华书店在做大规模的促销活动，妈妈买回了厚厚几摞精装书。我日夜不休地泡在书里，看完了马克 · 吐温的《汤姆 · 索亚历险记》《哈克贝利 · 费恩历险记》，还有儒勒 · 凡尔纳的科幻小说《地心游记》《海底两万里》等。

印象最深的却是杰克 · 伦敦的《白牙》，那个发生在寒冷雪原上的故事几乎引燃了我心里最根深蒂固的对遥远冰原甚至极地的向往。

后来再次看到杰克 · 伦敦写的文字：“我宁愿是燃烧过后的灰烬，也不愿做匍匐地上的灰尘。我宁愿我的星火在耀目的火光中燃尽，也不愿任其干腐窒息。我宁愿做一闪而过的流星，每一个原子都壮丽地发光，也不愿做永恒沉睡的行星。人的使命是去生活，而不是仅仅存在着。”

我才知道，这些年来我心底从未熄灭的冒险精神和从未失却的对陌生领域的无限好奇一定是他赐予的。

从此，我和他一样，渴望燃烧，渴望发光，渴望壮丽胜过平静，渴望逐梦山河胜于枯守一地、了此残生。

13 岁那年，还是暑假，我在书店买了曹文轩的《草房子》。晚饭时分，全家人都已经开始吃饭，可我一个人看得泪水滂沱，连房门都不愿意迈出。因为和我同岁的小男孩桑桑身患绝症，我第一次知道死亡和告别的意义。他最后活了下来，我却再也无法忘记那天心里的巨恸。

后来也曾在初中晚自习的教室里一边偷看《巴黎圣母院》，一边为敲钟人卡西莫多的死而悄悄落泪。怒不可遏的班主任走到我的身边，没收了那本书，可我的阅读再也没停下过。

从童年到少年最关键的那几年，我多么幸运，遇见了最具人类美好气质和高贵品德的那些书。

它们让我见到了人与人之间最深沉与黏稠的爱意，甚至人和自然之间最密切又无可分离的相守。

我从此对阅读充满向往。

因为它，我知道自己可以长出翅膀，可以飞到至高至远的地方，可以看向永生不朽的一切。

2.

繁重的高中几乎没有时间看书，读大学之后，空余时间多得要将人淹没，我才终于重新找回了阅读的快乐。

由于大学距离城区极远，周围几乎没有可供消遣的娱乐场所，所以我大部分时间都耗在图书馆里。

减肥的时候，我跑完一个又一个 10 千米后，看的是阿加莎 · 克里斯蒂的小说，从《无人生还》到《罗杰疑案》，我的一整个春天都被阿婆的故事填满。

如今想起来那段碧绿晶莹的时光，整个晴空都是剔透的蓝色，体重减轻带来的轻盈感和阅读带来的厚重感一起塑造了一个全新的我。

失恋的时候，我正好参加足球队的集训。每天傍晚，我和姑娘们一起大汗淋漓地狂奔在足球场上。有时候赶上下雨，脸上连泪水和雨水都难以分清。

那个夕阳盛放的初夏我看了米兰·昆德拉和夏目漱石的书，以至于每次回想起《生活在别处》，都仿佛能闻见操场上新鲜的泥土味儿。

远处是姑娘们小鹿一样奔跑着的身影，我的书散落在地上。闭上眼，只觉青春如此美好，就算流泪也应是为了人生的温厚辽阔。

大学上到中途时，我曾有过一份险些成为正职的实习工作，在一个陌生的小城，到处都是被灰尘覆盖的街道。

所有人都觉得我应该留在那里，从此柴米油盐，消磨一生。

我有无数个对于未来的想象，只是没有一个想象是在那里走向人生的终途。

沉闷无聊的工作，我的办公室日日像菜市场般人来人往。絮絮叨叨的通知，说不完的琐事，电话铃声此起彼伏地响起，每一声都助长了我更深的厌弃。

我度过了好长一段时间的迷茫，甚至抑郁，每天像一个溺水的人在自我拯救。

那时候明明手上有干不完的杂活，可时光却漫长得让人受不住。每天下午有忙里偷闲的一刻，我端着水杯站在走廊尽头的窗边。远处没有一点风声，人影也模糊不清，是前一夜书里氤氲如诗的段落、袅袅娜娜走过的人儿，还有婉转迷人的故事，一次次地将我从疲累与厌倦中扶起，让我定定心神，告诉自己，生活远没有那么糟糕。

我是在那时看到了里尔克的诗集和他写给青年诗人的书信。

他说："他们要开花，开花是灿烂的。可是我们要成熟，这叫作居于幽暗而自己努力。"

他说："要寂寞而勇敢地生活。"

他说："艰难的生活永无止境，但因此，成长也永无止境。"

他还说："毫无胜利可言，挺住意味着一切。"

也是在那时，好多个异乡的夜晚，漫长又难熬，我在日记本上静静地抄下刘瑜在《送你一颗子弹》里写的："一个人就像一支队伍，对着自己的头脑和心灵招兵买马，不气馁，有召唤，爱自由。"

几年之后微博和微信的时代到来了，刘瑜的文章一遍一遍地被疯狂转发，人人都会引用一段刘瑜的文字，好多人的个性签名改成了"一个人要像一支队伍"。我很少再提起她和她的书，但我如今回想起当时的自己，仍然对她怀抱着柔软的感激——感激她和里尔克一起将差点溺水而亡的我打捞起来，让我有勇气毅然转身，走向属于自己的命运。

那个我再也没有回过的小城，曾打造了一个表情郁郁寡欢的少女，却也让另一个心底炙热飞扬的少女重生了。

后来，我回到学校考研，切切实实地"居于幽暗而自己努力"。大学毕业后去了另一个学校读研，又回到了图书馆。

那真是如鱼得水一样的快乐与满足。一向贪睡如我，竟终于舍弃了大部分的午睡，日复一日地坐在图书馆二楼的窗边读书。

一年里梧桐的叶子绿了又黄，一天里阳光从浓烈变得妩媚，再也没有什么能让我深爱与沉醉。

那一年的好些时日，每逢图书馆闭馆之时，我抱着借阅的几本书往宿舍走。校园小径两旁高大的梧桐树温柔宁静，身边三三两两的同学走过，一生中最好的时光就此凝固。我刚过 20 岁，未来像一条波澜壮阔的河流。

在漫无边际的青春里，我多少次坠入深渊，多少次暗夜哭泣，最后让我好起来的，竟然每次都是那些书页里的简单句子。这是阅读带给我的拯救——于水火，于迷途，于山崩地裂，于大厦将倾。

人生最年轻、最炙热的时光，我从未后悔过与书相伴。在某种程度上，不是我选择了它们，而是它们选择了我。

我在书里遇见了那么多最高贵、最坚韧的灵魂，他们在纸上和我对谈，在梦里和我偶遇，让我知道孤独不足为惧，艰难不足为惧，一切都不足为惧。

3.

再后来，我也成了一个作者，对阅读，有了更深的领悟。虽知道自己也许穷尽一生的努力都不可能像他们一样妙笔生花，但这仍不妨碍我每一秒钟的致敬。

写童话的时候，我想象着日本的童话作家安房直子。她一个人离群索居，住在遥远偏僻的山上，衣食尽简，飘飘遥遥。她只活了 40 多岁，却留下了那么多空灵渺远的童话。她写手绢上的花田，写雪山上的精灵，极尽这人间的美好与梦幻。

写小说的时候，我想象着阔步走在街上的加缪先生。他也只活了 40 多岁，就在得到诺贝尔文学奖的那年意外离世。可我总想着他的照片和那些热热闹闹的文字，想象他穿着灰花呢大衣、手插口袋、爽朗地笑着。他的反叛里隐藏着对人类最深刻的爱意，我也由此知道一个人的伟大源于他自认为的渺小，才甘愿谦卑俯身，在拥抱天空前先热切真挚地拥抱大地。

写散文的时候，我想象着台湾的琦君女士。她的笔下写满了人情世故、故乡风物，全是温柔的怀念。从 10 岁的语文课堂，到异地他乡小小的图书馆，我为她笔下的文字哭哭笑笑，也开始懂得这一生的记录都要穷尽一颗真心。

纵然迄今为止，得以出版的只有零零散散的随笔，但我仍然乐此不疲地创作着无人阅读的童话和小说片段，因为“写作本身，就是写作的回报”。更何况，我总觉得，通过一个又一个文字搭建桥梁，我可以更接近它们的世界。

这么多年，我既在生活里养成了很多新习惯，也丢弃了很多旧习惯，可是生活中唯一没有变化的就是阅读。

尽管毕业两年，但仍然每月去两次市立图书馆挑选书籍。比起看电视和聚会，我最享受的休闲方式仍然是端杯茶看一本小说。它让我在孤独的时候有事可做甚至怡然自得，即使无人陪伴也拥有着最有趣的伴侣。

好多年后，我仍然记得那些在异乡的小路上默念里尔克诗句的时光。

他说："愿你有充分的忍耐去担当，有充分单纯的心去信仰。请你相信：无论如何，生活是合理的。"

是的，我终于学会了担当和相信。回溯这一路，竟是阅读让我变成更好的人。

这个"好"不是更美貌、更富有，甚至不是更聪慧，而是它让我在暴怒时平静，在痛恨时原谅，像镇静剂一样安抚着我年轻焦躁的灵魂。

多少个好风好日，都是阅读陪着我。多少个凄风冷雨，也是阅读救了我。

一个人的似水年华飘忽而逝，我永远不知道会在哪天遇见那本书，又会是哪本书逆转我生命的流向。它带给我庞大的惊喜与改造，远远多于其他任何事物。

所以，我一生都不会舍弃它。

也多想跟你说，读书吧少年，它永远不会辜负你。

"遗愿清单"是如何改变了我的人生

我喜欢那种"向死而生"的人生态度，因为不知哪日就会离去，所以今天才要拼尽全力活着。

刚过20岁的时候，我是个很糟糕的年轻姑娘。

那时候本该是我人生中最好的时光——肌肤吹弹可破，脸颊胶原蛋白满满，人生仿佛拥有无限种可能。

可是我的整个心都是灰色的。

我也不知道自己为什么这么不开心，只是对生活全然提不起任何兴趣。

我逃课，一个人躲在宿舍里发呆，无所事事地待着，不愿意见任何人；我独自一个人外出旅行，走到哪里也不开心。

除了上课考试，我想不到人生还有什么更有意义的事情了，青春一点儿都不好玩，我羡慕这世界上的一切人——工作了的、快乐着的、结了婚的、年老了尘埃落定的，唯独厌恶自己。

在极度的无力感中熬了好几个月，我看到了《遗愿清单》这部电影。

被诊断得了绝症之后，他写下 the bucket list，去了埃及，去了雪山，在三万里高空之上翱翔。

虽然人世最终尘归尘，土归土，他只是选择了最壮美的那种方式。

那部电影救了我。

虽然我还年轻，列“遗愿清单”怎么看都有点“不吉利”，可我还是列了。

“遗愿清单”的意义是紧迫感。

太多的人以为自己拥有无限的时间，可是，你永远不知道明天和意外，哪个会先到来。

想去的地方一直没去，想做出的尝试一直没尝试，你甚至，连年轻的时光都不想要了。

我们都打着“时间还多着呢”“以后有的是机会”这样的借口，错过了多少事情。

你 20 岁时就该去的地方，和苦等到 40 岁再去，一定不是同样的感受。

我写下第一张“遗愿清单”，丝毫没料到它会改变我之后的人生，只是想着——“反正现在对别的事情也没有什么兴趣”，所以我事无巨细地写下了一切想在有生之年实现的事情：

去听周杰伦的演唱会

冰天雪地里吃根冰棍

在零下摄氏度的天气里泡露天温泉

出版一本书

在杂志开设专栏

去日本旅行

……

这些事情里，有的好实现（不过是一张演唱会门票的事情），有的难实现（谁知道我哪辈子才能出书），可我还是都写了下来。

谁能想到，它们实现得那么快。

为了实现“遗愿”，我辛苦打工，换来了一张周杰伦演唱会的门票。看着那些麦浪一样涌动着的荧光海洋，在《七里香》的歌声里泪流不止，我庆幸自己将这个愿望早早提上了日程。

后来，我走在哈尔滨的中央大街上，终于在冰天雪地里尝到了马迭尔冰棍的味道。也一个人在新年去泡了温泉，在零下近 10 摄氏度的天气里，室外温泉像一个小小的蒸屉，穿着泳衣打着寒战沉进去，是茂盛又无处不在的暖意。

最重要的是，我真的出版了一本书，在距离我写下“遗愿清单”不过两年的时候。

也真的在杂志上开了专栏，另一页专栏的作者，竟是我喜欢了十年的姑娘。她早已身负盛名，而我何德何能，可与她同列一张纸页！

回到 20 岁那年，谅我再大胆，都从未敢设想过会有这样的一刻，可这世界给了我那么多惊喜，让我再也不是当年那个每天都想要就此死去的姑娘了。

而一直想去日本的心愿，也在某一个“十一”假期中成行。

你永远不知道自己将抵达何处，如果你不去打开心里冰封已久的沉愿，如果你不去真的试一试，迈出第一步，写下第一个句子，买到第一张车票，开启第一次未知的旅程。

你永远不知道，那个“遗愿”，可以实现得多么无悔以及多么壮丽。

后来，我见过各种各样“遗愿清单”的形式。

一同去江南古镇旅行的姑娘，做了一个“遗愿清单”的笔记本。

她从不做 to do list，她只记下自己想实现的那些事，于是每天的生活都在围绕着它们——拼命工作攒钱是为了实现带妈妈出国旅行的“遗愿”，跑步健身是为了实现攀爬珠穆朗玛峰的“遗愿”……

所以她的那本关于“遗愿清单”的笔记本里还分类列出了理财、塑身、工作心得等各种话题。而理财、塑身与工作，都不再是她的负担，而是她的动力。

另一个朋友，在书桌前挂了一块软木板，上面贴满了各种各样的图片，有灯火通明的帝国大厦，有斯里兰卡像眼眸一样清澈的海洋，还有遥远的莎士比亚书店、青海遍布苍穹的星光……

他不写清单，那些图片就是他的清单。

我知道他的足迹，将踏遍那些山山水水、城市的霓虹和未知的海底，因为他每天一睁开眼，看到那块软木板的时候，就已经在路上了。

真好，我们都有一个“遗愿清单”，而它，从不拘泥于什么形式。

在我们的文化里，因为没有宗教信仰，所以死后的世界不是天堂，也不是异境，而是一片虚空。

所以我们不敢讨论死亡，但“不知死，焉知生”，不讨论死亡，我们怎么能知道生的可贵！

我喜欢那种“向死而生”的人生态度，因为不知哪日就会离去，所以今天才要拼尽全力活着。

想要最大化的人生体验，想要不枉活人间一场。

有生之年，多么短暂。

我们都不愿意再浪费这条生命，于是努力想要活得越来越生机勃勃。

如今的我，每天都在往“遗愿清单”上增加新的内容：

去大堡礁潜水

去冰岛生活一个月

写一本童话

乘坐热气球飞行

……

因为这个清单，我突然觉得每一天都充盈着新的希望——我有那么多未竟的愿望，有那么多盛世光景没去看遍，那么多心潮澎湃没去亲自体验，怎能不加倍努力，以求早点实现一条条“遗愿”？

我也终于知道，改变我们的不仅是“遗愿清单”，还有我们知道自己终将死去，于是才决定用尽全部力气，更美好以及更盛大地活着。

人生再苦再短，可于你我而言，每天都当盛装以待。

这才是活着最好的样子。

而我，真的很想看到，你最好的样子。

生活没有可以逃避的远方

我爱诗和远方的田野，也爱眼前日复一日的苟且。这就是我定义的“理想主义”——永远自由，但永不逃避。

1.

“每当你想到在这个时常充斥着阴冷、暴力的宇宙之中，有巴黎存在，即便在宇宙的最深处，你都可以看到它的温柔灯光。它林立的咖啡馆，它的每一个街景、每一条道路，都是特殊的艺术形态。你无从工笔描绘，但它的确是宇宙的亮点。”

这段台词来自伍迪·艾伦的电影《午夜巴黎》。

人人都说这部电影是伍迪·艾伦写给巴黎的情书，我也相信，因为它布满了巴黎精致的街景、流光溢彩的塞纳河和微雨倾泻前醉人的星光。

但这部电影最实质的精神内核，却是一场“生活在别处”的故事。

电影里的男主角是位郁郁不得志的作家，天天梦想着回到 20 世纪 20 年代的巴黎。终于有一天，他不小心坐上了午夜的老爷车，成功穿越到了那个他梦想中的“黄金时代”。

在这里，他不仅遇见了自己的偶像作家海明威、菲茨杰拉德等人，还遇见了一位完美的恋人。

可惜在另一场穿越中，他和恋人回到了更古老的年代，却意外地发现，那些蜚声世界的艺术家居然梦寐以求地想要回到文艺复兴，和他一样羡慕着另一个时代和另一种人生。

我喜欢的土耳其作家帕慕克曾在他的作品《伊斯坦布尔》里尽情地书写着关于伊斯坦布尔的一切。最后，他写道：“所谓不快乐，就是讨厌自己和自己的城市。”

他并不知晓，对于多少个我们来说，伊斯坦布尔带着多么神秘又文艺的异域气息，单单这个名字读起来，都能让我们心醉沉迷。

你看，以为“生活在别处”简直是所有人的通病。

最近，我们都被高晓松创作、许巍演唱的《生活不止眼前的苟且》刷屏了。不得不承认，高晓松仍然是个才子，而许巍的声音仍然动听。我也日复一日地单曲循环，很快就学会了这首歌的调子。

今天早晨看到别的公众号，很多人显然误解了高晓松的话。他说的是“生活不止眼前的苟且，还有诗和远方的田野”，但不少人误解成了“生活不是眼前的苟且，而是诗和远方的田野”。所以他们迫切地想休学、辞职去旅行，可是旅行归来，一切都会好吗？

这不是旅行，而是逃避吧。

几年前，我困在迷茫和抑郁中，也曾以为旅行可以改变现状，以为我缺少的就是诗和远方，不惜以旷课为代价，“义不容辞”地要去旅行。

所以我去遥远的古镇，在它温良如水的月光和绿水环绕的屋檐下呆坐良久。我去看风暴中的大海，一步步走向它翻涌着的波浪，渴望它吞噬我的痛苦，再还我以快乐和安宁。

可我回到原地，回到原来的生活中，仍然充满焦躁和戾气。

那不是环境的问题，而是我的问题。

如今，我就算天天坐在人来人往的办公室里，做着无趣的、琐碎的工作，也能体验到诗意——诗意来源于我终于不再愤恨自己甚至愤恨生活，诗意来源于我刚刚读了一本绝妙的新书，甚至来源于我什么都没做，只是看了一眼窗外皎洁的日光。

卡夫卡一生都困守在他保险公司职员的身份中，困守在他家的小院里，可他写下了《城堡》这样的巨作，每个人都能看到那其中饱含着的奇崛的想象力。他曾说：“我们唯一能够逃避的就是逃避本身。”而我从此知道，我们其实无可逃避。

一个人，如果不能从身边的生活中发现诗意，那么，即使他走遍千山万水，也很难发现诗意和美好。因为当“别处”都变成“此处”时，生活到底该何去何从？这仍然是一道无解的题目。

你永远不能指望逃避来救命，因为——生活无处可逃。

2.

我度过那段糟糕的“逃避之旅行”之后，回到平淡庸常的学校生活中，发现该面对的问题一点儿都没有改变，我还是要按部就班地上课、读书、写论文、找工作。

实际上，我正是通过按部就班的生活克服了当时的迷茫和抑郁。

如今，我不后悔当时的自己在自习室和图书馆里度过的漫长枯燥又无聊难挨的时光。因为就是那些时光让我原本喧嚣动荡的心慢慢地沉稳安静了下来，让我通过读书至少“灵魂在路上”，也让我考到了想要的证书，找到了想要的工作。

当然，在那些时光里，我并没有忘记全世界。我仍然向往巴黎的铁塔、布拉格的许愿池和从帝国大厦向下俯瞰时的灯火辉煌。

“远方”仍然值得热爱，“远方”仍然充满意义。因为我们都需要一个想象，需要一个疲惫时的“出口”，绝望时的“蜜糖”。就像青山七惠《村崎太太的巴黎》里的主人公——一个旅游公司的保洁员，她把埃菲尔铁塔的图片放在桌前，心里总是诉说着去塞纳河畔喝咖啡的愿望。

我只是知道，在我还没有资本去休了学、辞了职环游世界的时候，最好的选择，是用尚年轻和有活力的头脑努力学习、努力工作，去积攒看世界的资本。

也许我抵达巴黎时已不再年轻，也不再那么容易热泪盈眶，但我会记得今天写下的一字一句里真诚而冷静的凝望。

我想，这世间所有的好风景都不是白白馈赠的吧。我愿意一步一个脚印地走向它——用年轻时的步步躬行的汗水和热泪，而不是一无所有时的任性前行。

我很欣赏的一个作者尹珊珊很久之前曾经写过这样一段话，我一直记着。她说：“工作就是用来赚钱的，工作之余就去做热爱的事。要为实现彻底自由的人生做一切努力，自由是人生的最高价值。我努力赚钱，只为爱得起一个流浪汉。”

你看所有的看似荣耀又光鲜的梦想背后，最多的是枯燥又烦琐的坚持。

开咖啡店的人，你以为他只需要守着一家文艺的店面和一堆花花草草就好了？你不知道的，是他要承担多少亏损的风险，还要研究怎么将咖啡做得更好喝，怎么样才能招揽更多顾客以延续经营。这不比勤勤恳恳的公司工作更舒适，或许还更辛苦。

写作的人，你以为他只需要动动手指就可以拿到稿费？你不知道的，是一篇文章背后要付出多少心血。以我为例，每一篇文章发布之前我都从头到尾看几十遍，看到自己几乎已经没有感觉了，要等到别人的回复和留言，我才能够稍微安下心来。这同样不比其他工作更舒适，反而更辛苦。

但是不得不承认，我们的幸福就在于此——为了某种心愿或者梦想，像匠人一样兢兢业业地付出劳作。我们甚至将梦想变成了工作，为了持续性的产出，为了磨砺自己的语感与技能，为了在创作之路上走得愈加长远。

我爱诗和远方的田野，也爱眼前这日复一日的苟且。

因为这苟且给了我财务自由，而财务自由又给了我生而为人的尊严和体面。

甚至，是这苟且给了我闲暇时读诗的惬意和走向远方的资本与财力。

我当然也可以不爱它。不爱写稿时的枯燥、乏味和有时灵感尽失的无助，不爱工作时的嘈杂、烦躁和每天在甲方与领导之间左右逢源的疲惫。

但我仍然说服自己爱它，因为这不是要跟世界和解，而是跟自己和解——与其痛苦承受，不如欣然承受。

3.

《生活不止眼前的苟且》这首歌里还有一句，唱的是“你赤手空拳来到人世间，为找到那片海不顾一切”。

高晓松没说“那片海”是什么，但我如今终于找到了。

我曾经梦寐以求的“那片海”其实是心灵上的自由。这种自由不囿于一堵墙，也不囿于一间居室。这种自由是我发自内心地热爱生活，不管生活在此处还是别处。我热爱生活肤浅和零散的琐碎日常，也热爱它庞大和厚重的哲学意义；我热爱它无时无刻不在上演的一切——相遇和离别、心碎和欢愉、笑容和泪水。

我不再区分此处和别处，因为我爱这个世界的全部。

它在此处有着我熟悉的便利商店、烟火人家和海上日出，它在别处有着我不熟悉的清幽小镇、古老教堂和马匹牧羊。

这些我都热爱，也都愿意用年轻而热烈的心去尽情领略、去悉数珍藏。

我在我狭小的卧室里挂了一张世界地图，希望自己永远心怀对曼妙远方的向往和对平淡生活的热望。

即便去不了巴黎看海明威眼中那流动的盛宴，即便去不了北海道看川端康城笔下那座神秘的雪国，即便去不了越南看杜拉斯嘴里诉说着的漂泊灵魂，即便回不到唐朝听那泱泱大国的盛世之音，但我最希望的是自己能活在当下。

活在当下，并永远葆有诗意，不能不说是一种带有哲学意味的坚持。

我爱诗和远方的田野，也爱眼前日复一日的苟且。

这就是我定义的“理想主义”——永远自由，但永不逃避。

嗨，我可以去你的心里坐一坐吗？

他们既没有被这个时代克服，也没有克服这个时代。

1.

夏天来了，我朝东的小房间清晨七点就已经开始闷热不已，没有空调，一台小电风扇吱吱呀呀地转着，闷热更重了。

所以周末，我一改睡懒觉的习惯，逃也似的奔向一座海边的咖啡馆。

海边的咖啡馆很凉快，屏住呼吸的时候能听到若有若无的海浪的声音。

我来得早，通常能够找到一个靠窗的座位。

人真是个纠结的动物，比如说，夏天的时候，我就想念雪。想念围炉里噼里啪啦的火声，想念清晨起床打开窗户清冽的寒气。想念一只麻雀扑棱棱地抖落一地尘埃，想念节气纷繁的冬季，满城盛开的烟火。

但到了冬天，我又是会想念夏天的。想念夏天海边热烈的夕阳，想念夏天颜色鲜艳的衣服每天都可以换一身，想念路边摇摇摆摆走过的老人，还有他们手里牵着的小狗。

但在咖啡馆里，我坐在柔软又宽敞的椅子上，什么都不会想念。

2.

以前，我只带着最简单的一个包去咖啡馆。

后来，换了一款轻薄的电脑。于是我就开始带一个很大的包，包里塞着保温水杯、Kindle、电脑、一两本书，有时还有健身服。

4 月的时候，我在咖啡馆里看到理想国出版的《在自己的身上，克服这个时代》。这句话是尼采说的。

我 2012 年的时候看过，端端正正地写在了笔记本上，像是一个赌约。

那时候我还在读研二，没毕业，没工作，没出书，没做公众号。

也还没有在生活中摸爬滚打、灰头土脸。

我后来看到的是卡夫卡说的："每一个困难都能克服我。"也总是拿这句话来自嘲，然后叹气。

我变成了一个人群中最庸碌的年轻人，每度过一天便松一口气，每晚躺在床上准备入睡时像一个浑身镣铐的人终于被松了绑，暂且不去想明天该如何重新戴上镣铐。

我的朋友有段时间很绝望，她跟我说："每次活过一天，就觉得真好，我又多熬过了24个小时。”

我也不知道该怎么安慰她啊。

4月的咖啡馆里，外面传来轰轰隆隆的雷声，我看着这句话，埋下头深深吸了一口气。

所以我最近又在看契诃夫，看海明威，还有加缪。那些拥有着如岩石一样坚硬内心的人。

我总记得18岁那年的自己，在大学的图书馆里一笔笔抄下尼采的句子。

那时候我几乎一无所有，可心里的希望像夏日最晴朗的夜空能够看到的星河一样绵延漫长。

可我现在几乎拥有了自己想要的一切，却再也找不回当时晶晶亮亮的眼眸。

所以说少女比什么时候都动人，动人不在年少，而在年少时的赤诚。那种赤诚，像烈焰一样，熄灭了不知道要多久才能燃回来。

我在努力地让它燃回来，在日记本里写下长篇累牍的字，用做思维导图的方法想要挖出一切情绪上的漏洞。

但最后竟然不敌一句话。

话是海子说的。

他说：“我相信天才、耐心和长寿。我相信有人正缓慢地艰难地爱上我。”

3.

在咖啡馆里，每次点咖啡的时候我都会错过拿铁、玛琪雅朵……

我不爱喝咖啡，苦的不爱，加了厚厚的糖和奶精的更不爱。办公室里和家里放的是各种各样的茶。

在杭州的时候，去九溪烟树，路过漫山遍野的茶树。我记得自己蹲在一个阿姨面前，看着她快乐又自足地用一个簸箕颠着新绿的茶尖。

那一次，是我的毕业旅行。我和林珊一路走，一路都在下雨。

潮湿的西湖边，她在青年旅舍里酣然入睡，我轻轻爬起来，走向波光潋滟的湖水，还有一轮毛毛边的模糊的月亮。

在西塘的时候，也是一直在下雨。为了避开游人，我们只好六点就起床拍照。雾蒙蒙的水边，是雾蒙蒙的老房子。

我喜欢一切老房子，脚边长着青苔的，有着幽森庭院的。

所以在南京的那天，我和海卫在并不是景点的路边闲逛，我对那些老房子看得目不转睛。他大概不懂我的醉心来自哪里，有时候我也不知道，但我总觉得像回到了故乡。

在西溪湿地走啊走的时候，我就很想找个微小狭窄的地方住下来。每天看着青绿的河水，身边有青梅的树，我可以学会酿青梅酒，还可以学会种一两种花。

4.

你看，在咖啡馆里，我总能想到很多像钻石一样细碎又美好的事情。

愿我们的人生里，都有一座海边的咖啡馆。如果没有，茶馆也行，书店也行。甚至，能够买到新鲜的果汁和松软面包的便利店也行。

让我们有个地方能安安静静地坐坐。

逃过那些壅塞的杂事，逃过短暂的绝望，逃过烈日、暴雨、风与雷电。

你望向窗外，窗外是如洗的晴空。你低头看自己的掌心，掌心空无一物。但你是富足的，那富足让你无比心安。

在我的心积灰很久之后，我开始喜欢一切心里很宽敞洁净的人。

他们大概也会遇到生活的暴戾，却一点儿都不绝望。他们永远为自己守住一块沉稳的领地，种树种草，养鱼养花。

他们既没有被这个时代克服，也没有克服这个时代。

但他们一直在和自己手握着手。

遇见这样的人，我就很想对他说："嗨，我可以去你的心里坐一坐吗？"

那些不是公主的女孩，她们最后都去哪儿啦

| PART 3 |

那些不是公主的女孩，她们最后都去哪儿啦

谁不是在爱里柔软，在爱里勇敢，在爱里锐不可当。谁不是在爱里张狂，在爱里成长，在爱里遍历沧桑。

1.

很久很久以前，我曾为自己挑选过一本书。

8 岁的小孩儿，刚认得一些字，在咬着糖葫芦逛夜市时路过一个书摊。连环画与小人书包围着的空间里，有一本只有字的书——那并不符合我对书的认知。拿起一看，书页不是亮白，却是发灰的。封面也不美，模模糊糊地只能看得清是一栋老房子，书名倒是清晰，工工整整的五个字——《安徒生童话》。这本书我听过，也看过画册，可还是第一次看到只有字的完整版本。

翻开一页，写的却是：“在海的深处，水是那么蓝，像最美丽的矢车菊花瓣，同时又是那么清，像最明亮的玻璃……”

当时还未曾见过大海的我怎么也挪不开眼睛，迫不及待地想要继续读下去。

纵然在其后的人生里，我有过无数次被阅读“击中”的感觉，但那第一次的“击中”仍然让我久久铭记。

我身上只有几块钱，老板热情地招呼，幸亏书摊平价，还没学会如何砍价的小孩，用几块钱就捧回了那本书。左手拿着糖葫芦，右手拿着新书，乐滋滋走在回家路上的我，一定没有想到，这本书我会一直一直读下去。

更没有想到，我还将用漫长的一生来反刍它带给我的诗意、温柔与力量。

2.

我后来看过更多的童话，却再也没有哪一本童话能比得上它。

别的童话情节里，每一个公主都眼巴巴地等着王子来拯救，不管她们是被禁锢在阁楼与尖塔之上，还是受了恶毒王后的诅咒。

可在安徒生笔下，女孩不再是柔弱的“被拯救者”，相反却拥有了无与伦比的勇气和力量。

她们勇敢地追逐着爱情，即使要用鱼尾换取双脚、用安宁换取噩运，即使要用自己的生命换取别人的生命。

她们勇敢地拯救亲人和朋友，即使要翻山越岭，历尽磨难。

相比于“王子与公主过上幸福生活”那样的结局，在安徒生的故事里，更多的是追寻的旅程。

多么庆幸，自己在 8 岁那年遇到了它，遇到了那些追寻的旅程，它们坚实地构筑成了我心中的力量，让我一生都愿意为那些女孩骄傲和鼓掌。

除了《海的女儿》，我最喜欢的两篇童话，一篇叫《白雪皇后》，另一篇叫《野天鹅》。

《白雪皇后》讲的是小女孩格尔达和小男孩加伊的故事。加伊的眼睛里落入了魔鬼打碎的镜片，心变得越来越冰冷和坚硬，还被白雪皇后带到了遥远的冰雪之地。

所有人都说加伊不见了，但格尔达不信，毅然决然地离开家乡，想要找回他。

一路上她遇到强盗，也遇到王子；遇到邪恶，也遇到善良。但她从未有一刻忘记加伊，直至救回他。

作家沈嘉柯写过一段话："回想起《千与千寻》，我最感动的是，小千走在水里，水很透明，海天一色，看得见脚趾。她手里拎着鞋子，遥遥挥着手，去坐列车找钱婆婆。她不再是过去的那个不知所措、爱哭的女孩，像个勇士，走向自己的命运和征途。"

而我想起自己第一次看到《白雪皇后》的时候，也是感动得想哭，为了她红拂夜奔般千里迢迢赶赴冰原的身影，为了她终于起身走向漫漫征程。

另一篇童话《野天鹅》里，艾丽莎的哥哥们被后母的魔法变成了天鹅。为了救哥哥，她需要用荨麻草编织成 11 副长袖披甲，才能消除魔法，让他们恢复人形。但是，在编织的过程中，她一句话都不能说，否则他们将会即刻丧失生命。

同样惨遭后母放逐的她躲藏在山洞里，日复一日编织着披甲。

她原本柔嫩的双手被荨麻草刺得疼痛烧灼，还因为怪异的举止被后母和主教诬陷为巫女。

可她为了哥哥们的性命，宁愿忍受指责和惩罚，却一言不发。她甚至为此而牺牲了自己的爱情，尽管那个国王深爱着她。

当众人将她押上刑场，准备处以火刑时，她依旧沉默地编织着荨麻草，仿佛自己的生命根本不值一提。

即使在之后的 17 年里看了无数遍这个故事，我仍被她伟大的受难深深震动。一个柔弱的姑娘，需要多少勇气才能只身奔赴火场，又需要多少深沉浓烈的爱意让她宁肯舍弃自己的生命和爱情，也要帮助哥哥们恢复人形。

在安徒生的童话里，我才知道一个女孩，可以不是弱不禁风的，可以不是必须要在别人的护佑下才能生存的。

一个女孩，既可以承受命运的诘责，也可以反抗命运的残酷。

爱本应是她们的软肋，却成了更强大的盔甲。

多年之后，当我也想写一个那样的故事时，格尔达穿着红鞋狂奔和艾丽莎低头编织披甲的身影挥之不去，于是我一开头便写下：“谁不是在爱里柔软，在爱里勇敢，在爱里锐不可当。谁不是在爱里张狂，在爱里成长，在爱里遍历沧桑。”

那些不是公主的女孩，她们最后都变成了艾丽莎和格尔达，英勇地奔向一生所爱，微笑着前往四面八方。

3.

我曾写过一篇微博：“真想给你讲一个好的故事啊。故事里的人很美好。他们对感情一直相信，一直认真。对生活一直热爱，一直热情。他们踉踉跄跄地穿越冰封的河流，在太阳暖融融地拂过被雪覆盖的睫毛时情不自禁地流下滚烫的热泪。或者他们干脆一直住在温暖的春天，笑容和风信子的影子一起氤氲成香气。”

我知道这个总是被人提起的微博，和心里一直在酝酿的故事，都是安徒生的童话所埋下的种子。

自 8 岁那年开始，再也没有谁像他一样，教会我认识那么多美好的事物，和对更多美好事物无穷无尽的向往。

他笔下的世界多么开阔和漂亮：百合的花萼，鹳鸟的巢，雪屋的墙，绿草原上的故乡。蓝色矢车菊的花瓣，阳台上开满玫瑰花的水箱，海底柔软又枝蔓丛生的水草，夕阳下尖顶教堂传来的钟声。麋鹿穿过白得炫目的雪原，小女孩穿着红舞鞋摇摆在灿烂星空下。

所以我常常想，这个文弱的人，在北欧漫长的黑夜里，从房间的一角向外望去，是如何透过夜空看见白雪皇后诡谲的身影和小人鱼含泪的眼睛？是如何走过教堂的钟声，走过耀目的枫林，走过石头房子鳞次栉比的小巷，走向全世界的注视中？又是如何用一支笔写尽这世间的一切美物，那些毛蕊花、车叶草、樱草花、铃兰花、野水芋、酢浆草、接骨木、忍冬花、金合欢……

我在他的笔下见过了最美好的夏天，怎能不爱这个辽远而又壮阔的世界？

长大之后，我看了更多关于他的故事，在人生艰难、困顿的时候，也总是想起他。想起年轻时的他曾经如此贫穷落魄，在剧院里谋生，受到轻视与冷落，忍受毁坏的嗓子和他人的慢待，甚至差点饥饿至死。他好像一生都不是个合群的人，但仍然保持着柔软的心和高贵的灵魂，看尽写遍这世间至善至美的一切。

他早年丧父，与做洗衣妇的母亲相依为命，未曾度过一分钟幸福的童年，却让全世界无数的孩子在翻阅他的童话时做了无数个美梦。彼时的他一定很孤独吧，可此时，他让我们再也不会孤独。

多少个我们，曾被他静默守候。又有多少个我们，在他的故事里，长成了更好的大人。

他说："去走动，去呼吸，去飞翔，去漂流，去付出和获得，在异国他乡的道路上徘徊——旅行即生活。"

他说："总有一些人，鼓起我们的勇气，给予我们安慰，为我们带来内心的安宁。"

他教会我，一个人，不应该被糟糕的环境所改变，更不应该被糟糕的人群所改变。一个人，应该穿越所有的困境却从不轻易妥协，对抗所有的漠视却从不放逐自我。

一个人应该有力量，变得温柔且强大。

而温柔和强大，从不相悖。

温柔和强大的内核，都是爱——他对整个人类的爱，和对亲朋密友的爱一样，辽阔又深邃。爱让他拥有了敏感丰富的心和光明嘹亮的人性。

就像尼采说的："对于人类的伟大，我言简意赅地说就是热爱命运。一个人不要除此之外的其他东西，未来不要，过去不要，永远都不要。不仅要忍受必要性，更不要隐瞒它，而要热爱它。"

所以我知道，不管在安徒生的笔下，还是在现实生活里，那些不是公主的女孩，最后都满怀笑意地爱上了自己的命运。

打碎、重建、开天辟地和涅槃重生，都是后来的事。

4.

听说在丹麦的首都哥本哈根，海边的岩石上至今矗立着小人鱼的铜像。

她弯下纤细的脖颈，看着遥远的海面，那是她深爱、放弃却又终于回归了的故乡。

温柔一如昨日，勇敢一如昨日。

而《安徒生童话》呢，我大概是要一直看到80岁的。看到眼花耳鸣，需要颤颤巍巍地戴上老花镜。看到儿孙绕膝缠着我讲故事，我随意地翻开童话书的一页，手臂干瘦，声音混浊，轻声细语地说："在海的深处，水是那么蓝，像最美丽的矢车菊花瓣，同时又是那么清，像最明亮的玻璃……"

等念完这本书，我也许还要忍不住问一句：

"你们知道吗，那些不是公主的女孩，她们最后都去了哪里呀？"

其实你也是珍宝

你曾那么勇敢，未来又何足畏惧呢。

法国作家妙莉叶·芭贝里写过一本书叫作《刺猬的优雅》，我看了一遍又一遍，每看一遍，掩卷后心里都是翻涌的波澜。

书里的勒妮是一家高级公寓的门房，可她永远沉默，在人群中永远低着头垂着眼睑。没人知道她的年龄，但她看起来已经 50 多岁了，身姿苍老，身影疲惫。一个人生活，没有亲人，也没有朋友，就像没有去路，也没有来路。她的头发永远凌乱地拢在脑后，套着灰扑扑的不合身的外套，在一个老旧的炉子上烧茶，似乎人生原本已经如此腐朽，毫无光亮。

就是这样的一个人，她的简陋破旧的房间里，再推开一扇门，是铺满整面墙的书架，是播放着古典音乐的唱片机，是她轻轻拿起一本书，边喝茶边阅读的悠然惬意。

在她示与外人简肃的外表和生活背后，没人知道，她深爱着《安娜·卡列尼娜》，熟悉那些蜚声世界的作家就像熟悉这栋公寓里的每一张脸庞，熟悉莫扎特的旋律就像熟悉住客轻按门铃的声音。

我看得眼睛酸痛，为了我们好像共同拥有的那些怯懦和卑微。于是想起自己更小的时候、高中的时候，青春期于别的女孩，是肌肤吹弹可破，是裙裾翻飞风中，而于我却是肥胖、生病、成绩落后以及随之而来的漫长的自卑。

我像勒妮一样，从不谈论自己读的书和看的电影。她也许是为了让自己看起来更像一个称职的没有公害的门房，而我却全然不知如何言说，好像那些诗的美好、音乐的美好天生就不属于我，不属于我并不美好的躯体。

青春期的自卑到底会对一个人造成多么深远的影响，我不知道。我只知道近十年已悄然过去，我的身体和容貌已经没有了“胖过”的痕迹，我的衣衫和穿戴也似乎没有了“贫穷”的痕迹，但我仍然记得那时候每一分、每一秒的心情。

那个 15 岁的少女，她在座位上尴尬地抓紧衣角，缩回鞋子。那时候她本应在最好的年华里灿若烟火，可她是个倒数前十名的差生，穿着一身不合时宜的校服，带着一身累赘至极的肥肉。

从此，那个 15 岁的女孩再也没离开过我的心。

我是看了勒妮的故事才慢慢治愈了自己。就像那间高级公寓里一位日本老先生对她的治愈。他邀请她一起听贝多芬的唱片、吃日式料理，和她分享一本好看的书，满眼都是温柔的关怀和鼓励。

我便想起自己在漫长青春里的跋涉和泅渡、自救与他救。

人生从来没有堪比一夜成名的迅速蜕变，勒妮将所有的孤独消解在了书房，而我，将所有的自卑沉溺在了熬夜时的习题册和日记本里。

后来，光就慢慢地透了进来。

我的作文写得越来越好，频频被张贴进“作文榜”，数学题也做得越来越顺手，成绩像放出手的气球一样慢慢攀升。

我看到各科老师对我频频点头，在同桌的女生跟我说“你今天真可爱”时悄然欣喜却不知如何回应，也终于能穿进尺码合适的裙子，换下了永远宽大的校服。

那种从寒冬迎向初春的心情，就像勒妮终于在拥挤的超市里轻轻笑了起来。

这是属于我们的青春，大概也是属于你的青春吧。我们都有过那么一段沉闷、荒凉、无可言谈的日子，自卑、胆怯、畏惧像阴霾一样盘亘在头顶。但我知道的，灰尘终将被细雨打湿，你我却永远不会被它们打败。

每逢再有怯懦的少年给我写信，倾诉那些想把头深深埋进沙子里的心情，我总是跟他们说：“其实你也是珍宝，尽管你一直不知道。”

这世间最勇敢的事情，不是尝试多么新鲜的挑战、做出多么出格的冒险，而是真心实意地悦纳自己、认可自己、拥抱自己最真实的内心。

你曾那么勇敢，未来又何足畏惧呢！

不管长得怎样，至少活得漂亮

至少，它看到了炫目的山川、河流，换来了一次光彩熠熠。

前段时间看到一个帖子“长得好看是一种怎样的体验？”其他的网友回复，我都忘记了，只有一个记得格外清楚。回复的人说：“从小到大，我喜欢的人都喜欢我。”

当时我恰好沉浸在爱而不得的情绪中难以自拔，很是羡慕嫉妒恨。

后来《何以笙箫默》热播，女主角倒追男主角成功，幸福得一塌糊涂。又有段子横出江湖：“——请问女生倒追成功的秘籍是什么——脸。”

无数长相平平的看客只好长吁短叹。

不是每一个女孩都像《那些年，我们一起追过的女孩》里的沈佳宜一样好看。大多数女孩一生都不可能成为沈佳宜。她们在班级里所有男同学的记忆里，永远是沈佳宜身边不知名的群众演员。

她们有的成绩出众，拼过多少不为人知的黑夜才用成绩单上靠前的名次争得关注，成为各科老师口中总以“看看人家”四字为开头的劝诫语中的主角。

更多的女孩仍然成绩平平，悄悄地、默默地成长着，不活泼，不动人，永远都是舞台之上阴影之下的一群人。

回想我的成长经历，真正因为不好看而自卑怯懦，正是从喜欢上一个男生开始的。所以看《初恋这件小事》时心有戚戚，因为也曾梦想过无数次，像脱下旧衣一样改头换面，自信又从容地站在他面前。

可我也知道，大多数女孩都不像《初恋这件小事》里的女主角那样幸运。她们即使改头换面，这期间过程如此漫长，漫长到连她们自己都常常丧失信心和耐心，更何况别人。

电影里的蜕变顶多两个小时，不过是一个镜头切换到另一个镜头的迅捷，看起来容易得像一场舒适的午睡。天知道，真正的蜕变不知需要多少流汗、流泪甚至流血的努力。

在比刀刃还锋利的现实中，大部分的我们都是人群中“面目模糊”的那一个——走在街上没有那么高的回头率，要在商场里来来回回精心搭配才能选中一套掩盖身材缺陷的衣服，生活里就算被赞美，那个形容词也和“美丽”无关……

太多太多这样的女孩走向我，焦躁又不安地问我：“在这个颜值崇拜的时代里，相貌平平的我，该怎么办？”

相比很多人说的“长得漂亮，不如活得漂亮”这句话，我更中意的回答是：“不管长得漂亮与否，至少活得漂亮。”

对于爱看美剧和好莱坞电影的我，最喜欢的两个女星，不是无敌性感的安吉丽娜·朱莉、斯嘉丽·约翰逊，而是刘玉玲和阿娜·奥缇兹。她们俩在炙手可热、红遍全球的巨星中绝非是最美貌的，甚至不是我们普通审美中的“美女”，但我发自内心地喜爱她们，喜爱她们挺直的腰背、格外有魅力的性格、经常带笑的眼睛。

阿娜·奥缇兹在热门美剧《丑女贝蒂》《蛇蝎女佣》里有着精彩的演出。我爱看她耸耸肩膀念出台词的样子，那样自信的嗓音让我常常忽略掉她不太美观的牙齿……同样没有倾国倾城之色的刘玉玲更是凭借多部电影成了好莱坞最优秀的女演员之一，是目前为止好莱坞华裔演员中片酬最高的演员。

类似的例子太多太多了——吕燕、奥普拉、J.K. 罗琳……

她们都不算世俗意义上的标准“美人”，可是有什么关系呢？这丝毫未曾妨碍她们突破困境、寻求改变，一步一步地走向更好的自己。

不是每一个人都有机会“长得漂亮”，可是每一个人都有机会“活得漂亮”。那是一种对人生极尽负责的态度，是不管你如何看待我，我都竭尽全力要做最好的自己。

而这些年来，即使是看身边的女孩儿，留给我印象最深的，也并非公认的“班花”“校花”，而是对工作有着真挚诚恳的热爱、对生活怀抱用之不竭的热情的那些人。我偏爱她们彬彬有礼的举止，胜过偏爱那些烈焰红唇；偏爱她们侃侃而谈的从容，胜过偏爱那些巧目倩兮；偏爱她们一出手就能让公司上上下下信服的工作能力，那一刻的笑容，比彩虹更夺目。

所以姑娘们啊，千万别因为外貌而自怨自艾，我们有一万个可能性去创造属于自己的未来，活出自己的精彩，最重要的一点——要比身边的人都更心甘情愿地悦纳自己。

《鲤》杂志曾采访朱天文："对于女性来说，到底怎么样的状态才是恰到好处呢？"

朱天文提及了王维的一首诗《辛夷坞》："木末芙蓉花，山中发红萼。涧户寂无人，纷纷开且落。"她说："在我看来，'涧户寂无人，纷纷开且落'，这就是一个女人最好的状态。她是自足的。自己开，自己落，自己存在的喜悦全部来自现实和对生活的实感，而不是旁人的观感。我认为从年轻时开始女人就应该好好享受自己作为独立个体的乐趣。女人有喜剧的特质，也该充分理解自己，这样才能过得富足。女人不需要以一种'被观看'的姿态来确定自己的意义。"

虽然美如朱天文，人人见了都惊如天人，好像说这段话是没有说服力的。但我明白了，摆脱外貌对自己的禁锢，是意识到自己不想变成"别人眼中的样子"，而是"我想成为的样子"。

那么再说说我，再说说一直因为长得不好看而常常自怨自艾的我。

有一天去商场买衣服，刚从试衣间里走出来，另一个同样在试衣服的女孩笑着惊呼："天哪，你穿这个太好看了！"我第一次受到这样的夸奖，感受到的先是不好意思，随后是"她说的肯定是假的"这样的质疑。

还有一次是在健身房里受到另一个女生的夸奖。那天我换上运动服，端详着镜中的自己，满不开心地诉说着自己身材的"缺陷"，结果没想到那个女生说："在我看来你非常匀称，你说的那些缺陷根本就看不出来，是你自己的眼睛把自己的缺点无限放大了。"

心底那些卑微灰暗的少年时代全都涌了出来。胖、自卑、从来不敢正视自己，即使是别人善意的调侃也会在心里揣测良久。

而我也终于知道，那些我以为的"卑微灰暗"不过是因为我在别人还没看低自己之前，就首先在镜子里看低了自己。曾经战战兢兢、如履薄冰的青春里，我竟从未有一秒看到自己的闪光。

那天站在街头看城市上空渐次绽放的烟火，绚烂、响亮。街头有微风，遥远的灯光晕成一团，第一次觉得人生有那么多值得欢欣雀跃的事情。

我早已知道自己这一生都不可能被冠以"美女"的称号，即使读书、塑身、精心装扮，但站在一个货真价实的美女面前，也会瞬间被秒杀成普通的尘埃。

但这被秒杀的过程并不能让我因此而放弃读书、塑身、精心装扮，因为我要比昨天的自己活得更加勇敢、精彩、漂亮。我愿望中的漂亮的一生，不是要活成"别人眼中的样子"，而是按"自己的样子"活得越来越好。

一颗尘埃如何才能好看？

只有尽己所能地乘着风，向着耀眼的太阳光芒飞舞而去。

也许它翱翔的姿势从未为人所见，也未换来人们"哇，你看它"那样的惊呼和侧目。

但至少，它看到了炫目的山川、河流，换来了一次光彩熠熠。

结婚、生子、老去就是一个女孩的命运吗？才不是！

我知道我们的命运能被共同写就，我期待我们的未来会一日灿若一日。

1.

几年之前，在该读研还是该工作之间难以抉择时，我记得有人跟我说："女孩子，不需要那么高的学历，找个差不多的工作就可以了。"

几年之后，当我要在一个高薪但无比繁忙的工作和一个轻松但工资微薄的工作之间选择时，又有人跟我说："女孩子，不需要赚那么多钱，有个稳定的工作就可以了。"

自那之后，但凡听到语重心长的人以"女孩子"为开头要说话时，我就暗暗心惊。果不其然，我又听到了"女孩子，不需要找多么完美、多么符合自己标准的男生，只要合适就可以嫁了"。以及

“女孩子，结婚之后赶紧生孩子吧，事业让男的去打拼就行了，女人生孩子才是正事”。

原来，不管世事如何变迁，这个世界对女孩的定位仍然不变。难怪谢丽尔·桑德伯格写出了 Lean In（《向前一步》）一书，因为女孩的职场生涯仍然不被世人期许，女性的角色仍然仅仅被定义为一个好妻子、一个好母亲，而不是一个独立的个体。人们限定了女孩可以从事的职业，进而限定了她们的未来。人们用言语、目光限定了女孩自由选择的权利，进而限定了她们寻找并实现真正的自我。

2.

所以这些年，我特别喜欢看《成为简·奥斯汀》这部电影，看它的次数甚至比看奥斯汀的书的次数还多。

简·奥斯汀是蜚声世界的女性作家，在世的四十多年间创作出了数部老少咸宜、脍炙人口的小说作品，包括《傲慢与偏见》《艾玛》等，堪称英国文学史上里程碑式的人物。

看这部电影之前，单就名字来看，我以为它讲的是另外一个人如何像简·奥斯汀一样成为作家的故事，看完之后，我才知道它讲的原来是简·奥斯汀，这个世界著名女作家如何在潦草的人生、荒谬的世俗、枯燥的生活、绝望的爱情中“坚持自己、成为自己”的故事。

奥斯汀生活在 18 世纪的英国，生长在一个贫穷的乡村牧师家。当酷爱写作的她想向别人说自己正在写作时，别人的眼神仿佛看到一个荒谬的怪物。而那时候的年轻女孩，人生中最重要的事情不过是找到一个上层社会、家境优渥的老公，从此成为一个家庭主妇。女性没有工作、没有收入，只能婚前依赖于父母、婚后依赖于丈夫而生存。可奥斯汀渴望爱情、热爱写作，认为女性也可以通过自己的努力获取财富，这样的她和整个世界都格格不入。

当我看到影片里她的母亲指责她“你真的要成为一个任凭别人嘲笑、羞辱、轻视的老处女吗？写作？我劝你省省吧”时，我知道她所选择的道路如此不易。在18世纪的英国，大龄文艺女青年的处境比我们要难堪得多。何况她贫寒的家境也需要通过她的婚姻来予以拯救，她最爱的人却因为家庭原因无法和她结合。

可是即便这样，即便面对心碎、贫穷以及比今天的我们所经历的更可怕的逼婚，她仍然坚持不要一段没有感情的婚姻，仍然坚持写作，并靠写作赚取报酬、养活自己。她一生未婚，却写就了如此之多的让全世界为之震动、久久难忘的爱情故事。

影片的最后，简·奥斯汀鬓发苍白，一身朴素地坐在教堂人群中。那时她的作品已经是英国街谈巷议的畅销书，而她坐在人群中读着《傲慢与偏见》的一章，声音优雅、笃定，仿佛过往时光皆如云烟。

这幅场景让我觉得如此温暖和感动，为她在几十年的孤独人生中不肯将就的爱情、努力写作的艰辛、与世俗对抗的决心和为了坚持自己所做出的漫长努力而感动。

难怪另一部电影《奥斯汀书会》里，六个年轻人组成书会，每个月阅读一本奥斯汀的书，来解决生活的困顿和疑惑。在所有大龄文艺女青年的心里，奥斯汀的故事无疑是一片温柔的故乡，告诉你文艺有救、爱情有救、梦想有救。不管身处何时何地，只要心有所愿，都能坚持自己、成为自己。

相比于奥斯汀，我们如今所生存的世界已经进步了两百多年，我们有了高铁、卫星、电脑甚至机器人，三妻四妾制与裹脚布彻底消失，越来越多的女性成为科学家、艺术家、政治家，成为改变历史甚至创造历史的传奇人物，可不得不承认，大多数的我们却在某种程度上失去了奥斯汀在那个时代所捍卫的自由和所坚持的勇气。

某天翻微博时看到一句很喜欢的话："一个人类渺小而雷同的小孩，未来是靠着内心的某种火焰，渐渐和其他人区别开来的吧。"我猜，对于女孩来说，这种火焰一定有一部分是对"自我"的向往与坚持，是打破世界对于女性的偏见，去追寻自己的使命甚至命运。

3.

春节那几天大家都在阅读、讨论、转发上海女孩回男友江西老家的故事，我看了之后，更多的心酸和心痛不是他们因为城乡差距而被阻隔的爱情，而是想到——在我们的土地上、在我们的故乡里，有多少女孩日日夜夜生活在这样的地方。

我曾经写过那么多女孩的故事，她们从贫寒中挣脱、从早已被注定的苦难命运中挣脱，走向更大的世界，实现更丰富的自我价值。

可在我的故乡，在更贫困的乡村里，更多的女孩并没有这样的机会和运气。她们一出生便因为重男轻女的陈旧思想被父母冷漠相待，甚至残忍遗弃。她们连九年义务教育都无法实现，在十三四岁时便过早地走入某个工厂、车间去做流水线上最简陋、最艰辛、最难以为继的那部分工作。一过法定结婚年龄，她们便在家人的安排下匆匆结婚、匆匆生下孩子，并“尽量”生个男孩。

在多少这样的中国农村，“知识改变命运”改变的只是男孩的命运，可他们至亲的姐妹们，仍然被所谓的命运迎面击倒，再无还手之力。绝大多数的她们即使成绩优秀也不得不辍学，为了整个家庭可以集中财力供养家里的男孩读书。她们无奈地重复着自己母亲的命运，才华被压抑，热情被消磨，她们甚至从未有机会表达自己的情绪，便成了人群中面目最模糊的那一个，甚至变成了同样重男轻女的妈妈，让自己的过去在女儿身上再一次轮回。

我痛恨重男轻女的思想，怜惜所有因为性别而遭到遗弃和冷遇的女孩。也许这个世界上没有绝对的性别平等，也许我们能改变的微乎其微，但是如果我们什么都不做，那么什么都不会改变。

经济的好转也许只需要几十年，但意识的扭转却需要一代甚至数代人的努力。

若我们对别人施与的性别歧视置若罔闻，若我们常常屈服于苛责，待我们年老之时又以同样的苛责来面对我们的女儿、孙女，那么相似的对话只会一遍又一遍地出现，相似的痛苦只会像遗传因子一样延续。

尽管我也不知道该如何去做，但我觉得我们这一代人，我们这一代年轻女性，理应承担扭转性别歧视、性别偏见的义务。只有我们自己发自内心地热爱自己的女性角色，像张扬的花朵一样恣意开放，才有可能逐步让歧视和偏见消失殆尽。

4.

《成为简·奥斯汀》里有这样一幕：她和爱人分手，独自回到家。别人问她："那你以后的生活得靠什么？"她说："没错，靠我的笔。"那人又问："你的故事都是皆大欢喜的结局吗？"

她说："我故事里的人物，她们在历经磨难之后，都得到了自己最渴望的东西。"

我真希望我们也能得到。

这当然不是容易的事情。但是在他人试图影响我们的决定之前，我们首先自己要相信，相信自己可以掌握自己的命运。相信我们有权利度过独立且自由的一生，更有权利选择何时结婚、与谁结婚、是否升学、何时生子，相信无数像尘埃一样在平凡的生活中东奔西走的你和我可以发出某种照亮宇宙的光亮。

我们要做的，绝不仅仅是默念朋友圈里转发的那些语句，也不仅仅是羡慕那些将自己的命运牢牢握在掌心的人，而是无论考研考博，还是求职跳槽，抑或结婚生子，我们做出的每一个人生选择都能出于真心，放弃并非因为顾忌世人的眼光，选择了也能坚定不移地走下去。

也希望越来越多的女孩子，携手并肩，力争不被这个世界的偏见所挟持和改变。只有我们每一个人都笑容灿烂真挚、情怀博大凝重，发自内心地认可自己的女性身份，热切地追逐脑海深处的心愿，有勇气决定自己的学历、职业、婚姻乃至整个人生，我们才有可能一点一滴地改变世人的偏见，让女性的生存环境逐步改变。

对于个人来说，也许自身的命运不过是人生节点上的几个选择，可就是这样一个又一个的选择，以及面对选择时的波动、舍弃、争取甚至抗争组成了一代又一代女性的命运。

我知道我们的命运能被共同写就，我期待我们的未来会一日灿若一日。

如果无所畏惧，你最想做的是什么?

我们从未丧失过直面世界的勇气，我们原本有更多的智慧和力量去做更多的事情。但唯一的前提是我们有意愿去发挥自己的力量，也有意愿去尝试这样的努力。

1.

4 月的一个周末，我在南京参观南京大屠杀纪念馆的时候，想起了一位非常伟大的华裔女性。

她叫张纯如，是《南京大屠杀》一书的作者，却只度过了 36 年的短暂人生。而她人生中最后的和最光辉的岁月，全部献给了这本书和它背后苦难的中国抗战史。

张纯如的外祖父母都是南京人，在 1937 年南京沦陷之前逃亡重庆。后来，她的外祖父母和父母皆辗转至台湾，又远赴美国。

张纯如在美国出生、长大，却在父母口中听过太多抗战的故事。大学毕业之后，她成为一名记者和作家，因为一个很偶然的机会，看到了一部关于南京大屠杀的纪录片。她被其中记录日军残忍杀害、强暴、凌辱手无寸铁的南京平民的图像深深震动，却发现西方社会几乎对这段历史闻所未闻，就连在美国长大的其他华裔青年对此都一无所知。

这个如水般温柔美丽的年轻女孩，像是被使命驱使到了这里，她坚定地投入了这场揭露历史真相的旷日持久的战斗。

那一年，她不过 29 岁。

写此书的过程中，她因为看了太多真实的影像资料、听了太多幸存者的讲述而压力骤增，一度被噩梦缠身，精神濒临崩溃。

当母亲劝她要不要停下来时，她说："我现在承受的痛苦与在大屠杀中死去的那些遇难者的遭遇完全无法比拟。"

她还说："作为一名作家，我要将这些遇难者从遗忘中拯救出来，替那些喑哑无言者呼号。"

我们的教育只让我们接受了这场暴行，可她日日夜夜思索的，还是这场暴行背后更深刻的心理因素——关于一个普通的日本军人如何在战争中成为泯灭人性的恶魔。

张纯如的父母皆为哈佛大学的博士，分别从事物理学和生物学的研究。她原本可以在这样的家庭中选择优渥、安宁、富足的一生，可她却心甘情愿地背负了人类最深重的苦难，也背负了人类最残暴的罪行。甚至，她因此受到了日本右翼势力的持续威胁，却从未畏惧和妥协过。

《南京大屠杀》一书出版之后，连续登上《纽约时报》畅销书榜。她收集的所有素材和史料，完整又真实地还原了整个事件的全貌，在国际社会上引起了巨大的震动，促使西方国家就"二战"赔偿问题不断向日本施压，甚至扭转了世界对于“二战”的认识，中国在“二战”中所付出的巨大牺牲和在东亚战场上起到的关键性作用被重新估量。

但是，让人悲痛的是，她因为写作过程中见过了太多的黑暗而染上了抑郁症，在36岁那年自杀身亡，告别了深爱她的父母、丈夫和年仅两岁的儿子，以及无数深深敬爱她的读者朋友。在那之前，她的精神和身体状况每况愈下，却仍然坚持在公开场合发表演讲，并进一步深入对“二战”的研究，为推动人权主义事业做出了殚精竭虑的努力。

就像她的英文名字“Iris”一样，她变成了一道彩虹——稍纵即逝，却灿烂如花。

我在19岁那年在图书馆看到了她的书，又看到了她去世之后她母亲为了纪念她而写的《张纯如——无法忘却历史的女子》。

很难描述，那是怎样的感喟和触动。

在我平静如水的大学校园里，在我们都在汲汲营营地吃饭、逛街、生活，甚至以逃课为乐时，我想象着一个和此时的我差不多年纪的女性，就这样孤身走向了自己的深渊甚至噩运，可她却从未后悔和畏缩过。

在某种程度上，她改变了19岁之后的我，成为我心里最难忘怀的一位现代女性。

2.

2014年12月13日，趁早品牌创始人王潇女士在趁早大会的演讲中，说了这样一段话：

“今天是 12 月 13 日，在 1937 年，今天是南京沦陷、发生南京大屠杀的日子……对国家来说，落后就会挨打；对个人来说，软弱就无法把握命运。我们常说，少年强则国家强，今天我们要说，女性强则国强！因为我们会成长为人格独立完整的人，我们会为这个世界贡献智力与天赋，我们会成为世界的另一半人也就是男性的伴侣和妻子，我们还会成为妈妈，抚育和教育整整一代人。”

我忍不住想为这段话鼓掌，因为其中所蕴含着对女性力量的认知、肯定和无限鼓励。

如今流行的名词有“她时代”“她经济”，而我最想讲的名词是“她力量”。

张纯如的人生信条就是“一个人的力量”，她的确用一个人的力量改变了千千万万人的认识，甚至将整个世界的人权主义事业推向前进。

她让我知道，每一个看似普通和平凡的女性都有力量去改变世界。

女性的力量到底有多强大？

我只看到我们也曾有无数个“她”，淋漓尽致地展示着女性的强大，甚至在某种程度上扭转了历史的走向。

她是中国历史上第一个也是唯一的女皇武则天，多少年后我们再看她，那是向男权社会劈出的一把锋利的斧头。

她是中国历史上最负盛名的女词人李清照。这个在清泉边长大的女子，留下了多少婉约的诗句，那是向“女子无才便是德”的时代河流里掷入的石子，却激起了千百年未曾停息的涟漪。

她是中国近代史上的革命先驱向警予。作为中国第一位女权革命家，她领导了一代女性解放，随后更是将完完整整的生命献给了革命事业，牺牲时年仅 33 岁。

她是中国的第一位“第一夫人”宋庆龄。她不仅仅是孙中山的妻子，还在孙中山逝世之后身体力行地将整个民族的解放事业一步步推向前进。

她还是秋瑾，是张爱玲，是萧红，是鱼玄机，是冰心……

直到今天，她们仍然在熠熠闪光，照亮了某一部分的天空，让我们因为她们，敢于做不一样的梦，敢于成为不一样的人。

如今的我们，大部分的女孩仍然被压抑，尽管我们早已跨过了几百年甚至上千年的时光，尽管沧海都已轮回成了桑田。很多人仍然喜欢跟我们说，你们不需要赚那么多钱，不需要在职场上拼命，不需要想那么多，你们只需要做一个好学生、一个好妻子、一个好母亲就可以了……

可是我们经过了漫长的九年义务教育，和所有男生一样厮杀在高考的战场，一脸骄傲地进入大学，随后读研、读博，这其中有多少教育资源的投入和个人努力的积累。

我们从未丧失过直面世界的勇气，我们原本有更多的智慧和力量去做更多的事情。

但唯一的前提是我们有意愿去发挥自己的力量，也有意愿去尝试这样的努力。

3.

从南京回家的飞机上，我经历了有生以来最严重的一次气流颠簸。高空之上，我突然对过去一切被辜负的时光深感愧意，满脑子想的都是若我此时陨落，还有多少话没说、还有多少事没做。第二天清晨在家里舒适又熟悉的床上醒来，我突然觉得好像一切都不同以往了，我终于下定决心要做一些不一样的事情、一些光荣的事情。

所以我联系了女性公益组织 Lean In，这个由 Lean In（《向前一步》）的作者谢丽尔·桑德伯格所发起的全球女性主义组织已经鼓励了无数女性向前一步，去重塑自己的命运。而这位 Facebook 的首席运营官在书中提出的第一个问题就是："What would you do if you were not afraid?"（若你无所畏惧，你会做什么？）

在我困惑未来该怎么做时，Lean In Beijing 的 HR 齐冀妹妹跟我说："你首先最应该做的，就是成为一个具有 Lean In 精神的人，活出你最想成为的样子，让其他的姑娘因为你而得到更多的勇气。"

我在电话的这头，很想让她看到我略微湿润的眼眶。

所以，在一切还未起步之前，我能做的是为你们写更多既好看又有力量的文章，为你们讲述更多优秀女性的故事吧。

朋友前几天对我说："你的文章太不适合在微信时代流传了。大家都想放松一下，没想到一打开你的文章，就那么长，又过于小众。没有多少人有耐心看完的。"她甚至说，你应该多放些好玩的动图，让大家哈哈一笑就行了。

可如果这个世界注定要流于简单和娱乐，我想做最后一个背负深刻的人。如果有一部分人必须要承担使命，我愿意像他们一样走向征途。

有时候，我觉得这是最坏的时代，文艺被嘲讽，深刻被质疑；

有时候，我又觉得这是最好的时代，每个人都有机会说出自己想说的话，每个人都有最广阔的平台去传达自己的思想，甚至悄悄地改变素昧平生的陌生人。

比尔·盖茨曾说：“每天早晨醒来，一想到所从事的工作和所开发的技术将会给人类生活带来的巨大影响和变化，我就会无比兴奋和激动。”

我想到未来要做的事情，同样激动难抑。

而杨澜曾说：“改变世界是可能的，因为我们有力量改变自己。”

祝我们拥有更强大的力量，祝我们一起一步一步从无到有，去做更多光荣的事情。

但求无愧此生。

你真没必要过得那么廉价

要用能力范围内最好的一切来武装自己，从此行走江湖，剑鞘皆无往不利，鬓发也飘摇动人。

朋友前几天忙碌了近半年的项目结束，拿到奖金后第一时间就是去买了个心仪的昂贵包包。

拎着这个包，她隔天就生龙活虎赶去继续出差了。

问及说好的要休假狂睡三天，她嫣然一笑："不行，我得工作，还有那么多好看的包在等我，不努力赚钱怎么行？"

我知道她不是贪恋名牌，更不是物质拜金，她只是需要一个贵一点的礼物，送给自己，作为多日辛勤的犒赏。

畅销书作家王潇潇洒姐写过一本书，叫《米字路口问答》。

有个读者问她："看您的穿戴好像常是名牌的东西，您会恋物吗？会努力为买一个东西去攒钱吗？"

潇洒姐的回答简直精彩。

她说："我有一个欲望清单，上面是喜欢的东西，用来激励我增加自己的能力，期待拥有的瞬间……清单上的东西虽然挺多，但好像努一努力有朝一日都能实现，于是就一直努力，于是逐个实现。现在我拥有的一切都不是物，每换一件衬衫、一块表、一部车，都是心血、脑力和年华的凝固。"

"它们不是身外物，它们都是我。"

看完这些话除了拍手叫绝之外，我还有点感动。

想想我们这一生，所有看似身外之物的东西，其实都是我们努力的动力啊。

房子不只是房子，更是一个家。衣服不只是衣服，更代表着蓬勃热情的自己。包包也不只是包包，还是我们一切牵挂甚至灵魂的收纳。

所以，我突然明白了那些贵一点的东西、优质一点的东西有什么意义。

是让我们在短暂的一生里为了匹配它的瞬间荣光而一步一步地向前走去。

是让我们有可能透过它，看到这个世界的另一种美好。

是让我们知道自己配得上更好的一切。

以前过得盲目慌乱，买了一堆乱七八糟的东西堆在家里，却没有一件能拿得出手。

直到一个姐姐叹着气走出我的房间："如果你的衣柜里都是淘宝爆款，那你的身影也不过是一场拙劣模糊的买家秀；如果你的抽屉里都是劣质化妆品，那你的脸蛋连同人生也不过是一个粗制滥造的试验田。你从不追求精良，你过得那么廉价，还有什么资格埋怨生活的糟糕呢？”

真是羞愧。

所以我也终于学会了潇洒姐同样爱说的“精良”一词——只有我们的衣物精良，我们的饮食精良，我们的人生才能够精良。

因为穿上了最美丽的那件衣服，所以你再也不能容忍自己不化妆就草草出门；因为背上了最心仪的那款包包，所以你再也不能允许自己胡乱搭配一身衣服。你不允许自己再邋里邋遢地活着。因为想要配得上它们的光泽，你连自己的光泽都得打磨得更晶莹透彻。

人生只此一遭，何不精心来过。

小时候看《欲望都市》，看到凯莉像集邮一样收集那些美丽的高跟鞋，不明白她说的：“站在高跟鞋上，就能睥睨整个世界。”

如今，我懂了那双高跟鞋的魔力，就像懂得士兵的盔甲、将军的战马。

踩着它，你踏进职场的血雨腥风之中，就像走进灯红酒绿中一样从容不迫。

身高一六五，气场两米二。

我知道你的能力已经足够动人，但那双精致华丽的鞋，让你走在敌人的面前，还能身姿摇曳；让你走回自己的战壕，还是不染尘埃。

这就是精良与优质的意义——你在人群中再也难以松懈，那是你的精气神，也是你给这个世界的温柔刀，刀刀斩获人心。

你舍不舍得花钱买一件很贵的东西？你舍不舍得给自己昂贵却

精良优质的生活?

虽然贵的东西不一定绝对优质，但优质的概率一定比较高。

你喜欢的那些博主、那些一颦一笑皆动人的姑娘，没有一个是任由身边杂物遍地，却妄想从杂物中找出珍宝的。

下一次，我希望看到你，因为某种巨大的欲望而兢兢业业地工作，又因为某种巨大的欲望而潇潇洒洒地活着。

你值得拥有更好的一切——柔软舒适的床垫、剪裁良好的衣服、质地上乘的包包、周游世界的旅行、有大阳台和小飘窗的房子以及一整个金光闪闪的人生。

你有能力去抵达它们，就像你有能力抵达更好的学校、更高的职位与更丰厚的年薪。

你的梦想可以包含这些，也应该包含这些。

亲爱的姑娘，永远记得，不要让自己过得那么廉价，要舍得买点好的东西，就像舍得熬夜加班、拼杀职场，舍得东奔西走、四处求学一样。

要用能力范围内最好的一切来武装自己，从此行走江湖，剑鞘皆无往不利，鬓发也飘摇动人。

因为最好的一切，你都值得拥有。

我想要更“大”一点

就算全世界都只教你怎么美、怎么嫁出去、怎么套牢一个男人的心，但我还是想陪你一起守护你心里的那头野兽。

前几天，有位朋友问我，关注你们公众号的都是些什么样的读者呀。我想了下，跟她说，都是些“大女孩”吧。

她问，什么叫“大女孩”？

我开玩笑，是不仅胸大，就连胸怀也很大的女孩啊。

但事实上，我以为的“大女孩”是柔软但不柔弱、顽强但不顽固的吧。

很坦白地说，我从很小的时候就不是个“小女孩”了。

父母一直把我当男孩子养，我从小就是个不穿公主裙穿短裤，不玩洋娃娃到处疯跑的“假小子”。

六七岁时，我就敢一个人徒步到很远的湖边玩。

八九岁时看童话《尼尔斯骑鹅历险记》，书里说，“你看不听话的孩子就会被惩罚去历险”。可我只知道感叹，这哪里是惩罚，历险简直像是奖励啊。

我对斯里兰卡、芬兰等地名乡愁一样的迷恋也是从那时候种下的。

作为一个不穿公主裙却有几件冲锋衣的“假小子”，别的小女孩向往妈妈的胭脂水粉的时候，我只向往什么时候才能把新华书店搬回家里。别的少女都在卧室的墙上贴满当红男明星的海报时，我的墙上只有一张被圈了无数个点点的世界地图。被圈出的点点，都是我此生最想去的地方。

16岁离家上学之后，说走就走的旅行于我而言，根本不在话下。

一个人浪迹天涯简直是我根深蒂固了20年的执念。

别的女孩怕极了一个人去新的城市，可我此生的愿望就是能一年换一个城市居住。

我的骨子里，从来没有“小女孩”过，虽然我也喜欢粉红色。

就像我看于小戈写的：“这世界上多你一个贤妻不多，但世界上非常急需像你这样无论怎样被误解中伤，泥足深陷，都能依旧带着光和风，前行照路的人。”

是呀，这个世界上，不缺一个好妻子、一个好母亲，但我梦寐以求的，是想做那个改变世界的人。

我想要更大一点，更大一点的胸怀，连同更大一点的世界。

就算全世界都只教你怎么美、怎么嫁出去、怎么套牢一个男人的心。

但我还是想陪你一起守护你心里的那头野兽。

不管那头野兽是想做什么出格的、冒险的、不循常理的、不合规矩的事情。

你是锦衣夜行的人，是轻叩门扉只为赠我桃花的人。

所有人都觉得你应该拼尽全力为了金银，你偏不，你偏身无一物，避开乱世，坦荡静澈地活着。

你是孤身闯荡的人，是从陋室之中走向千里之外的人。

所有人都觉得你应该上得厅堂下得厨房，做一个绝世好妻子，你偏不，你偏远走异国，像流浪汉一样地活着。

我很庆幸我们是这样的“大女孩”，自己买口红，自己买花戴，还愿意拼尽全力，去找寻属于自己的活法。

每当有姑娘们向我吐槽身边的琐事，吐槽办公室的同事是如何挑剔她裙子的颜色，吐槽这个月的工资又比身边的那个 bitch 少了 300 还是 500，吐槽下班后被公交车上的陌生人气个半死。

我总想跟她们说：“你原本不必吐槽这些，你原本可以有更大的世界。”

而我们对于这个世界有着更大的抱负。

看好你哦，因为——你很“大”！

你野心勃勃的脸，怎么那么好看哪

只有你啊，既是美女，又是野兽。

八九年前，我刚上大学，是个十足的小胖子。

我身高 158 厘米，体重 130 斤，朋友不太多，平时的爱好倒是有很多。

比如一边看美剧一边吃零食，一边看小说一边吃零食，一边上自习一边吃零食，一边散步一边吃零食。

我那时候没有喜欢的人，也不觉得每天吃一堆零食身体越来越膨胀有啥不好。就连放假我爸要带我去运动我也死赖在床上坚决不去。

直到遇见她。

我们住在一个宿舍楼上，早就面熟了，发现她在看我时我很傻白甜地笑了笑，没想到她冷着脸说："为什么每次在路上见你，你的手里都提着零食……"

看到我因为长时间不运动，连爬个五楼都气喘吁吁时，她又补了一句："你真的要任由自己这么胡吃海塞，也不运动，一直胖下去吗？"

很多姑娘是为了一个喜欢的男生才瘦下来的，大概只有我，是因为一个牛逼对手的批评才瘦下来的。

她向你展示了青春的另一种可能——克制、勤奋，永远对更美好的身材和更遥远的目标有着狂热的追求。

我是后来才知道，她每天早晨会早起半个小时去跑步。

虽然恨她批评我，但我终于下定了决心不再胡吃海塞，不再死不运动。我也像她一样去跑步，每天在宿舍楼下的体重秤上称体重。

后来，我瘦了，衣柜里的衣服全扔掉。我第一次发现，不是衣服不好买，而是过去的自己太胖了。

那种感觉太爽了，我狂买了十几件，每天得意地走在路上，路过镜子都要照三照。

可她又来了。她这次更犀利，把我摁在宿舍楼下的镜子前，问我："你照照镜子，不觉得你这一身很土吗？"

我这才知道，她在我随便买几件衣服就穿出门的时候，就已经是个每周去上形体课的女同学了。

为了走路好看，为了一切姿态好看，她简直像韩星训练一样，兢兢业业地观察自己哪个角度笑起来更美，花时间去研究时尚杂志的穿搭。

还向身边每一个看起来皮肤超好的姑娘去讨要她们的秘籍。

那时候还没有智能手机，没有品目繁多、功能强大的APP，可我在她的书桌上看过一个小本儿，打开之后，全是一些变美的小方法，还有记录的自己每天的衣服搭配、体重、身体状态……

紧挨着的另外几个本儿，是单词本儿、数学分析题本儿、专业课的书……

当我们的青春只有每周一更的韩剧、零食和暗恋的小男生时，她的青春，全是对自己毕恭毕敬的管理。

她从不羞于表达自己的野心，不管这野心是维持两位数的体重，是时时刻刻都像街拍一样舒适好看的穿搭，还是满分的数学成绩，以及更流利的英语口语。

是的，在我们还浑浑噩噩刚上大学之时，她就告诉全部人："我毕业之后想出国读书。"

所以她从不逃课，把每门课都考到最高分。

她从大一就开始准备托福和雅思考试了，大二时顺理成章地拿到了英国某高校交流一年的机会，回来之后，她的口语好像突飞猛进了一样。

在我们都迷迷糊糊，不知道未来该干什么时，她跟所有的老师说："有和专业相关的实习，能推荐给我吗？我想更多地了解这个行业。"

看着她这样飞速地变化，我也变了一些。

我迅速地制订了考研计划，在所有人都打击我，说成绩也不算好就不要考研了时，只有她把厚厚的英语学习攻略分享给我。

认识她之后，我才知道，和一个牛逼的人待在一起，最大的好处就是你会相信自己也有牛逼的可能。

和一个野心勃勃的人待在一起，更大的好处是你会爱上自己的野心。

在那么多人都觉得一个女孩子不需要学那么多东西，不需要学习那么累、工作那么苦，“差不多就行了”时，只有她让你相信，我们完全有能力，去创造更多的可能性。也必须要有能力，去创造更多的可能性。

现在，她在美国的一个名校读博，研究新能源。

我说，这个专业以后能赚钱吗？

她说，你懂什么，这能造福全人类！你怎么那么庸俗。

她说这句话的时候我们隔着山山海海，可我能想象得到她的神情和眼中的光芒。

她不是像我这样每天捧着小说幻想文艺的理想主义者，她是真的实干家——对生活也好，对学业也好，对自己的身材也好，对脑海中的词汇量也好。

她也是真的梦想家。

在我被催婚催得不胜其烦时，她说：“每一个女生想出嫁都能出嫁，但想不出嫁就不出嫁的女生，我觉得更酷。”

在我犹豫要不要辞职创业的时候，她说：“辞呗！哪里还找不到一个月薪 5000 元的工作，但你可以做更大的事情。”

她的口头禅是“你为什么不去试试呢”或者“你怎么不学呢”。

她永远有一张野心勃勃的脸，她永远相信，一切都能得到，只要她想。

前几天我在文章里写：“那么多人只教你怎么放低姿态、怎么嫁出去、怎么去一辈子套牢一个男人的心。但我还是想陪你一起守护你心里的那头野兽。”

她说：“你心里有野兽就行了，脸上绝对不能是野兽啊。”

我说：“好的，女王大人。”

我屁颠儿屁颠儿地夸她，你看多少女孩爱看《美女与野兽》，可只有你啊，既是美女，又是野兽。简直是“心有猛虎，面若蔷薇”啊。

年轻人，下了班一定要瞎折腾

你是我面包上的黄油，是我生命里不可或缺的呼吸。

1.

最近看了一部电影，很是喜欢。

电影叫《朱莉与茱莉亚》，讲的是两个女人和美食的故事。但它显然不仅仅关于女人和美食，还关于生活、爱和期待。

茱莉亚的故事发生在 20 世纪 40 年代。她来自美国，跟随自己的外交官丈夫去法国。不喜欢无所事事的生活，于是热爱烹饪的她在巴黎重新上了烹饪学校。

她从煮鸡蛋、削土豆、切洋葱学起，在烹饪学校里和一群男厨师 PK，坚决不输给任何人。

靠着烹饪，本是一名文员的她重新拾回对生活的热望，在异域，在他乡，在她近40岁的年纪里。

她的食谱变成了一本叫作《掌握法式烹饪艺术》的书，沉甸甸的，全是她的过去。

朱莉的故事则发生在20世纪90年代，她是个年轻的美国姑娘，是个郁郁不得志的小白领，每天为公司接听投诉电话，生活被垃圾一样的留言甚至咒骂挤满，却无处逃脱。

她和丈夫住在纽约皇后区一处狭窄、陈旧的公寓里，坐在厨房略显肮脏的地板上感叹："为什么会这样？"然后日复一日地穿越地铁里拥挤的人群，满目厌倦，和我们的城市里无数的年轻人一样。

终于有一天，她决定要改变。

于是她开通了一个烹饪博客。每天下班后照着茱莉亚的食谱《掌握法式烹饪艺术》，做一顿饭，然后记录在她的博客里。

365天，524个食谱。

她描述黄油在烹饪中的绝妙用处，描述处理蘑菇时的小诀窍，在糟糕的工作之后做个美味的荷包蛋犒赏自己。

就这样，越写越开怀。深夜里，她抱着新鲜的食材满心希望地看向流光溢彩的城市，用欢快的语调讲述生活中的一切，再也不是那个地铁里表情恹恹的姑娘了。

2.

人人都说，下班后的八个小时决定我们的人生。

可是，细细数来，我们下班后的生活，再也数不出充沛的、美好的、专心致志的八个小时，却只剩下了"看剧、玩手机、买买买、网聊……”

每个人都像网瘾少年一样，将手机里的视频刷到无可再刷，将朋友圈里的消息看了千遍万遍，却忘了年轻的我们，最应该做的事其实是“瞎折腾”。

我们抱怨，抱怨生活的无趣，却忘记了如何去创造生活的有趣；我们吐槽，吐槽人生的艰涩，却忘记了如何去平缓人生的艰涩。

因为一根网线，我们越来越接近这个世界上的新闻，却越来越远离了真正的自己。

我们看过了全世界随时上演的生离和死别，却还是没学会该怎么拥抱深爱之人、该怎么打扫好眼下的一片狼藉。

这就是今天的我们。

朋友圈里的母亲们用《别玩手机了，多陪陪孩子吧》来刷屏，而新晋情侣们最真情的告白不再是“你近在我身边，远在我心里”，而是“你就在我身边，于是我不再玩手机”。

我们究竟在干什么——才失去了下班后本该尽情折腾、享受爱与时光的一切能力？

我们是如何将生活过成了一潭死水，还抱怨世界没给我们最想要的那种波澜壮阔？

3.

很惭愧地说，现在的我也是如此，全然忘记了以前那个爱折腾的自己。

全然忘记了我曾如何努力地将生活过得极尽有趣。

可如今我再回忆我的青春，最感激的不是自己拼命去考的高分，更不是拼命去拿的工作业绩，而是学习之外、下班之后干的那些“瞎折腾”的事儿。

于外人看来，我做过的好多事都是“无用的小事”，但是谁也不知道那些无用的小事在我的生命里究竟种下了什么样的种子。

我读过很多无用的书，那些书没有教材有用，与我的升学、求职似乎都全然无关。可是多年之后，我总是想起一生落魄的尼采，死后却如灯长明，总是不经意间想起书里集结着人类最璀璨智慧的句子，不知它们曾多少次治愈过孤独的我。

我写过很多无用的字，那些字不是上学时的学术论文，更不是工作后的项目报告。后来它们中的一部分变成了一本书，记录下了我曾闪耀过，也曾黯淡过，却从未迷失过的青春。另一部分尽管仅仅躺在我的电脑硬盘里，或者上了锁的日记本中，但仍然是我通往回忆的站台，绵延记忆的钥匙。

我甚至走过很多无用的路，在不是名胜景点的冷门城市，但路过的人，都住进了我的身体里。直到有一天，我觉得疲惫溃败时，便想到了异乡巷子口那对做早点的夫妻。丈夫不能说话，妻子有轻微的残疾。

我在凌晨四点时成为他们的第一个顾客，看着他们对我亲热微笑，再将一碗热气腾腾的豆汁端到我的手上。

他们的希望变成了我的希望，让我在颓唐时，每每想起那两张笑脸，都觉得，咳，有什么大不了，有什么过不去。

如今，我真想重新找回那个爱折腾的自己。

去做一切无用的小事，去结交一切好玩的人，去用溪流激起波澜，再用微光烛照黑暗。

我终于懂得，是有趣的人去造就丰盛的生活，而不能依赖于生活来造就我。

4.

那部影片看到最后，才惊叹它是两个充满奇迹的真实故事。

茱莉亚的食谱《掌握法式烹饪艺术》被反复加印，后来的人们称她为“厨神”。她和丈夫 90 多岁离世，一生如星河般灿烂耀目。

她还写了《我的法兰西岁月》，记录巴黎的一切，以及她挚爱的生活，被《纽约时报》评价为：“本杰明 · 富兰克林以来美国‘出口’到法国最棒的人才。”

而朱莉呢？

朱莉和爱人搬离了那间狭窄破旧的公寓，还写了《朱莉与茱莉亚》。

随后，这本书变成了荧幕上一部如此美好的电影，让无数沉醉厨房、热爱美食的女子阅毕难忘。

那些下班后“瞎折腾”的时光，最重要的不是为她们创造了事业上的第二个春天，甚至不是让她们功成名就，而是让她们重新拥抱了爱人和美好又温柔的生活。

就像朱莉，她为朋友们的聚会准备了一桌丰盛的美食。

她举起斟满红葡萄酒的杯子，望向她深爱的男人，眼底是流淌的波光，嘴角是盈盈的笑意。

她说："你是我面包上的黄油，是我生命里不可或缺的呼吸。"

而这句话，来自茱莉亚的丈夫。他亦曾这般告白，对着他挚爱的妻子。

5.

谁会不为之感动呢？

那些无用的小事儿，那些下班后"瞎折腾"的时光，都是我们面包上的黄油和生命里不可或缺的呼吸。

不管是画幅小画，沿着长长的海边散步，还是走远路去采摘野莓，给久未联系的挚友写封书信……

不管是亲手烘焙一块戚风蛋糕，种下春天里的第一颗樱桃种子，还是去看一场音乐会，再学会一个新的日语单词……

它让我们从工作阒寂甚至黝黑的深井中爬出来，看到井外，原来是一片湛蓝的天空和钻石般铺满夜色的晶亮星子。

它让我们从生活冰冷甚至严酷的寒冬中走出来，一直向前，走到一片如春水长流、温柔的澄澈里。

那温柔就像日本插画家高木直子写过的《一个人生活第五年》，对自己无以复加的厚爱是好好吃饭，好好工作，还有好好生活；那澄澈让你独自身处异乡却不觉凄苦，一人漂泊孤城却有如万马千军。

我们不是朱莉，也不是茱莉亚，但我知道我们都能找到面包上的黄油，生活里的呼吸。

这才是疲惫生活中的英雄梦想，这才是庞大城市里的不朽荣光。

梦想和荣光，都属于爱折腾的你。

我绝不打压你对美好生活的向往

你的荣光，就是我的荣光。你的希望，也就是我的希望。

21 岁那年，我刚知道高木直子，看的第一本漫画书是她的《一个人生活第 9 年》。

那时我还住在热闹的学校宿舍里，心心念念着毕业之后，能有一个人的房间：书架上摆满我爱的书，周末的午后在阳台泡一杯伯爵红茶，配柔软松饼恰恰好。

23 岁毕业的时候，我又换了一个城市工作，甚至为此迟迟没看她的《一个人上东京》，想要留着去了那个全新的城市再看。

果然我刚去，就赶上逆天的台风，被大雨淋成落汤鸡，看着阳台上所有的衣物都久晒不干，我突然懂了她画的那些“异乡的况味”。

如今我也一个人生活第三年了，周末惬意悠闲的时光并不多，何况我租的房子，只有一个狭窄灰暗的阳台，连转身都困难，更放不下一张洁白小桌。

伯爵红茶和松饼都是在咖啡店选的，而咖啡店里的我，永远在盯着一个枯燥屏幕奋力打字。

但这个陌生的城市终于有了另一个家，我熟悉它比熟悉我日新月异的故乡更甚。

一个人生活的这几年，高木直子的书收藏了一本又一本，看着她开始跑马拉松、去遥远的国家旅行、做各种各样的美食。

我也对一个人的生活驾轻就熟了，知道哪里能买到最新鲜的花和水果，哪里的便利店是 24 小时营业。

我们都变成了一个在千山万水之外，可以把自己照顾得很妥帖的人。

那热气腾腾的烟火气，也终于从心底慢慢地散开，把生活的褶皱、波折都熨得安稳平整了。

前几天又看高木直子最新出的漫画书《一个人的小繁华》，看她在书里记录自己从 24 岁到 29 岁那几年的生活。

离开家乡小城初上东京追求“插画师梦”到真正圆梦那几年，一个人住一间 12 平方米的房子，起早贪黑地打工。

早上做服务生，晚上做打字员，只有下午才能在坐地铁来回折腾的间隙画插画，并推销自己的画作。

未来像镜花水月，所有人都在描述那美好的一幕，可一丢进现实的旋涡，便瞬间碎了。

我被感动的原因，倒不是因为这是一个看起来“努力了就能成功”的励志故事，而是我们都经历过生活的冷水、冷眼与冷遇，很多人就这样被打败，再也不相信“美好的事情随时有可能发生”。

但她不一样。

时隔十多年，她早已不是那年的年轻姑娘，却还是用轻而温柔的笔触画出彼时一笔一画认真生活的时光，并自动过滤掉了那其中深灰沉重的一切。

她对所有的疲惫都举重若轻，画点小画，玩笑几句，第二天的生活又元气满满地开始了。

看高木直子的著作那么久，你若问我：“有个人陪着你度过漫长时光是什么感觉？”

那便是我每次颓唐、颓废的时候都会想的——如果是直子，她会怎么做呀？

所以一个人坐着颠簸的公交车晕得云里雾里时，便想着：直子在地铁里摇摇晃晃着去推销她的画作时，大概是用尽了一切力气，去撑到美梦的终点吧。

一个人对着乱七八糟的出租屋一筹莫展时，便想着：直子应该会迅速地收拾出一个干净利落的家吧，她是怎么做出了美味的味增汤，又是怎样躺在一块小小的榻榻米上用手指勾勾画画出另一个明天？

最张狂的年纪里，我写《我比谁都相信努力奋斗的意义》，如今你再问我：“努力之后真的会好吗？”

并不一定会。

但我还是喜欢那个努力的你——不是一定要功成名就，而是努力从最平淡的生活里编织出对生活巨大的希望。

一个人，不颓，不伤，背上行囊就能忠肝义胆地行走江湖，换了正装便分分钟脚踏写字楼睥睨整个城市。

“努力”不是一定非要深夜苦读，也未必一定要将身体累坏坍塌。

“努力”是我们从不放弃对生活的一腔热血。

因这一腔热血，你知道有些美好的事情，一定会发生。

就像 4 月的樱花和冬月的雪，总会飘落一样。

我和我的朋友大将军郭聊天，她说，原本对自己的公众号关注量没什么直观的感觉。可自己去看五月天在北京的演唱会，鸟巢体育馆可容纳的观众数是 9.5 万人。音乐和歌声一起响起时，便是排山倒海般的音量。

她说，你想想，有两个鸟巢体育馆都坐不下的人在关注着你们的文章哎。

是啊，她们即使低声细语，也能汇成像雷声一样的欢呼。那注视，太灼热，让我们再也不能放纵自己懒惰、随意。

我想起你们中无数给我写信的年轻姑娘，都在对生活巨大的希望与失望中反复煎熬，不知所终。

纵然百般思虑也不能全然解答，我仍愿意倾听你做的一切决定。

我知道我们努力过、挣扎过、百般徘徊过、奋力前行过，也许终其一生也不过是个人群中最普通的人，但我绝不打压你对美好生活的向往。

如果你所向往的“美好”里既有梦，又有钱，还有逆天颜值，荣光一身。那我一定祝你一天比一天更加美好。

如果每一颗星星都有属于它的光芒，那么你的光芒，我真想和你一起保管，并替你珍重。

因为你的荣光，就是我的荣光。你的希望，也就是我的希望。

为什么我们会喜欢一个素未谋面、素昧平生的人？也不过是因为他指引了一切通向美好的可能。

我一个人借着深夜一盏灯火把高木直子那些沉甸甸的漫画拿在手中，读书时、写字时、熬夜准备考试时，就这样和她一起通向只属于自己的“可能性”。

谁知未来会发生什么，谁知这条河会流向哪片海，而又是哪一片叶子能飘往天外，但我和高木直子一样。

我绝不打压你对美好生活的向往。

因为我知道——谁也打压不了你。

你足够温柔，也足够坚强。

总有一个人，一出现就改变了你的人生

我会一直记得他说的："只能让你一个人在黑夜里游过冰冷的大海。我感觉你一定能做到。你足够坚强。"是的，我足够坚强。

1.

2009年9月的第二个星期三，是我记忆中如此印象深刻的一天。

我记得那天天气晴好，下午没有课，我午休过后去了图书馆看书，傍晚还没来得及吃晚饭就急匆匆地赶去开学院的年级大会。那场年级大会是每个学期开学之初的例行会议，老师点名比上课还认真，所以已经学会了逃课的我还是选择了乖乖到场。

我甚至记得自己那天穿的是淡黄短袖开衫和牛仔百褶短裙，背着暑假才新买的双肩包，包里装的是厚厚一本计量经济学教材。

为何印象如此深刻，是因为那天，我遇到了改变我一生的书——《海边的卡夫卡》。

之前我只看过村上春树写的《挪威的森林》，翻来覆去数遍仍不明所以。可那天在图书馆闲逛，顺着书架找书，看到《海边的卡夫卡》时就顺手拿着回到了座位。

我说不清楚那本书带给我的是怎样巨雷一样的震动，只记得那种“一定要快点读完”的心情催促着我连晚饭都不愿意去吃了。

那个 15 岁的少年田村卡夫卡，童年时即被母亲抛弃，长大后又背负着父亲凶狠的诅咒。15 岁生日的这天，他下定决心离家出走，去寻找自己的命运。

在书里，村上春树说：“我们每个人都在经历着类似‘沙尘暴’的东西——那里没有太阳，没有月亮，没有方向，甚至没有时间。”

而我当时所经历的“沙尘暴”看起来如此肤浅，不过是一场旷日持久而又毫无希望的单恋和苦恋。

可谁的青春不曾被另一个人彻底搅乱，他在你的世界里掀起一场血雨腥风，却好似毫不知情般站在晴空之下默默旁观。

他有着千般万般你无法舍弃的好，唯一的不好只是他不爱你。

我在喧闹的学校礼堂里，看到不远处的他有着近乎完美的侧脸，只是顺着他的视线望过去，只能看到他的目光直直地落在另一个女生身上。

我低下头，只看到书页上村上春树写的：“所以你能做的，不外乎乖乖地径直跨入那片沙尘暴中，紧紧捂住眼睛、耳朵以免沙尘进入，一步一步从中穿过。”

就是想着这段话，我从他身边一次又一次走过，却好像连一次心碎与失望都没有过。

2.

从那天之后，我每天顺着书架看村上春树的书，从《寻羊冒险记》到《舞！舞！舞！》，从《天黑以后》到《斯普特尼克恋人》。

看到《世界尽头与冷酷仙境》的时候，那个男生终于牵起了女生的手，而我仍是每天无所事事地越过一个人的寒冬。

我祈祷不要在校园里遇见他们，可原本偌大的校园一下子变得那么小。我们时时相遇，而我只看见她美得像初春、像盛夏、像刚下了一层薄雪的冬日清晨。

可我呢。我竟然没有一次敢于正视镜子里的自己。

某天也是在图书馆读川端康成的《抒情歌》，他正好走进来，递给我一个既遥远又熟悉的笑容。我慌忙低头，只去看纸上的字，几乎无法控制眼里喷薄而出的泪意。

纸上，川端康成写的是："自从失去你以后，我对花香鸟语索然乏味，对一切感到落寞虚空，顿时天地万物和我的灵魂之间的通道完全被截断了。我悲伤失去了恋人，但我更悲伤失去了一颗爱情的心。"

那几年漫长的寒冬就是这样开启的，就像《世界尽头与冷酷仙境》里，一个人穿越被暴风淹没的雪原，一个人走入像沙尘暴一样的命运中。

遗忘多么困难，我像独角兽一样困在我们时日无多的相识故事里，每一次温柔都被无限次地反刍，每一次谈话都像旧电影般反复回放。

唯一的差别只是我再也无法对他抱有希望了。

幸好，幸好后来有了《1Q84》。从2010年的冬天开始，我几乎每年都要看一遍这套书。

身为健身教练和杀手的青豆小姐，以及身为数学老师和小说家的天吾先生，让我重新升腾起了对爱的向往和渴望。

他们在分离之后的二十年里一直相互守候，在无限艰险的1Q84年甚至愿意牺牲生命予彼此以拯救。

青豆说："孤独一人也没关系，只要能发自内心地爱着一个人，人生就会有救。哪怕不能和他生活在一起。"

我是被这句话从失意的深渊里打捞起来的，尽管知道自己已经忘了他，但我也从此知道，让人生有救的是温暖和明亮的爱意。

不管这爱意，是对于一个具体的人，还是对于整个壮阔无边的世界。

而我也终于有了某种信心——关于爱可以跨越等待，关于一个人该怀抱着怎样的信念生活在这个表面拥挤实则孤独的世间。

3.

2009年9月的那个傍晚，饥肠辘辘、险些迟到的我走入学校宽阔明亮的礼堂，走入六百多个同窗好友中，却没人知道此刻的我再也和以往不同。

我的青春甚至整个命运都被村上春树重新改写。

在那之前，我孤僻、敏感、脆弱、拼命放大自己的缺点，早早陷入爱而不得的苦闷，甚至对生活有着焦躁的恨意。我对爱还全然不知，就开始对整个世界都嗤之以鼻，常常爆发糟糕的坏脾气。

如今想来，连我都不知道那个 18 岁的女孩，那个正处在自己最美好年华的 18 岁的女孩每天究竟在难过什么。

可是遇见他的书之后，我一天一天变得好了起来。

好像自己就是那个在丛林里孤独、寻找、摸索的叫田村卡夫卡的少年，而我和他一样，最终拥抱了这个世界的温柔和暖意。

后来我也知道，最美好的年华不是以年龄而定。

现在我长大了好多，脸上不再是饱满的胶原蛋白，眼周却有了轻微的笑纹，熬夜后会长时间地头痛，需要辛勤地敷面膜才能将皮肤保持在中意的状态。

可是年华真是越来越美好了啊。我发自内心地悦纳了自己，一个人过着自由、勤俭又舒适的生活，日子越发清简俊朗，也不再担忧会无人爱我。

想起 20 岁之前的时光，我心疼那个因为未得到一个人的爱意就失落、绝望的自己，也觉得无限可惜。今天重新翻看 2009 年的旧时日记，看到一些模模糊糊的名字，才知道我辜负了多少深情与厚意。

彼时春光大盛，日子那么悠长曼妙，我却从未有一秒发现自己的好，也从未有一秒发现这个世界之大之阔，原不值得为一个人伤心太久太久。

如今，纵然有那么多姑娘美得像初春、像盛夏、像刚下了一层薄雪的冬日清晨，而我却兀自对着镜中的自己笑了出来。

在这个庞大的人潮汹涌的世间，我的心底终于长出了坚定的锚，不再如浮萍飘零，无所依靠。也终于懂得了年少时读过的保罗 · 瓦雷里的诗，他说要像一只鸟那样轻，而不是像一根羽毛。

如果没有他和他的书，我会变成现在的自己吗？

我也不知道，更何况人生哪有那么多假设。

我只知道，他教会了我某种“向光性”——我们在阴暗潮湿的生活里攀爬的时候，要心怀爱与光芒。

从那之后，我在最孤独的时光里学会了宽谅与和解，也学会了不再轻易对世界失望。

像他说的“我领教了世界是何等凶顽，同时又得知世界也可以变得温存和美好”。

杂文集《无比芜杂的心绪》里，他写起菲茨杰拉德：“他的前半生充满苦难与失望。经历过失业、沉溺于酒精、接受过破产宣告、妻儿离他而去、朋友们将他唾弃、堕入生活的最底层。尽管如此，他仍未放弃对文学的追求。菲茨杰拉德的伟大之处，在于无论被现实人生何等严苛地打翻在地，都几乎没有丧失对文章的依赖。直到最后的最后，他都一直坚信自己能在写作中得到拯救。”

原来我们都在从阅读中追寻一种灵魂的向光性。

我找到了他，又顺着光源的方向找到了菲茨杰拉德、卡夫卡、加缪、雷蒙德·钱德勒……他们站在一起，搭建成了我成年之后所有精神的依靠，让我不再轻易坠入深渊，让我一次又一次被文学拯救，直至和他们一样，活出真挚又强大的模样。

4.

而我看2009年的旧时日记，看到彼时的自己，最稚拙的行为竟是对着日记本悄悄许诺：“我终究有一天，会用文字完成对于生命和世界的纪念。请你为我铭记，这绝不是我心血来潮时的临时许愿。”

七年之后，我果然变成了一个郑重其事的写作者。用他的话来说：“一定是像沙尘暴一样的命运将我带到了这里。”

前段时间在微博上看到他给另外一名小说写作者的回信，他说：“虽然成为小说家不容易，但要一直做小说家是一件更加辛苦的事情。必须要不断地学习，以及作为一个人不断变得强大才行。加油吧。”

这段如此“村上春树式”的话，尽管不是说给我听，却比任何鼓励都行之有效。

如今我的生活越来越像他。集中精神，远离娱乐，在阅读和写作时将自我浸入黑暗的井底，企图挖掘到更深邃的东西。

躺在沙发上看肥皂剧时，我想到他肯定不会这样，于是利索地爬起来，去看书，去走路，去俯视整个城市的灯光，然后想象每一盏灯下可能发生了什么有趣的故事。

不顾体重胡吃海喝时，想到《1Q84》里的青豆小姐，她即使在逃亡时躲到一间狭小的房子里不得外出，仍然用最简单的健身器械坚持常规的锻炼。

因为他，我懂得锤炼灵魂与精神的方式是最大程度上的克制，是专心致志地活着。他在书里说，大部分的写作哲学来自跑步，而他写的书俨然已经成了全世界人的“跑步圣经”，连同他极度规律与自制的作息时间，都成了另一种励志榜样。但我懂得他最想说的也许是——那种对安静和孤独的求取，能将我们的灵魂带到更深远的地方。

每每无字可写，我看他每周一次的随笔集结成的文集——《大萝卜和难挑的鳄梨》，还有《爱吃沙拉的狮子》。看到他将司空见惯的东西写得极尽有趣，我便觉得羞赧，转身试着写下每一个微小事物里的青春要义。

他说，他相信小说不死，而我也由此明白一个作家的良知。当一个人可以用文字“发声”时，他绝不应该吝于发声。我们还没有万能到可以改变世界，但我多想像他一样，陪伴无数正在穿越沙尘暴的人，给予其力量。

如今，每天五点起床，洗脸、刷牙之后，端一杯温水，开始正襟危坐于桌前。日复一日，这变成了我的仪式。

冬天的凌晨，夜还很深，窗外一片灰茫，手机也很寂静，孤独变成了一种极度纯粹的东西。

但我想象千里之外的村上春树先生，他和我一样，端坐于书桌之前。面前空白的文档慢慢地浮现出新鲜的字迹，让我想和他一起，将内心的斧头劈向冰冷的海面，然后迎着剧烈颠簸的风走向前去。

5.

我无法言尽他在我生命中的意义和启示，就像朋友只看了《挪威的森林》之后问我：“你不是喜欢正能量吗，他可是很颓废呀。”

我微微眯起眼睛，脑海里是一个又一个的片段——我早已不再是当年那个脆弱的在图书馆里将眼泪砸向桌面的小姑娘了。我有了工作，有了存款，甚至也有了自己的书和读者。

但每一个从脆弱走向坚强的通道，都是他带我走过的。

他一早就说过："从沙尘暴中逃出的你已不再是跨入沙尘暴时的你。是的，这就是所谓沙尘暴的含义。"

确确实实，我变成了一个全新的我，像落月穿过云的衣裳，像种子突破坚硬的壳和土壤。

2013 年的冬天看他的新小说《没有色彩的多崎作和他的巡礼之年》时，我好像已经足够强大了，但当他像呓语一样说"别输给鲑鱼哟"时心底还是为之一震。

我想象着鲑鱼自出生起便要经历的一场漫长的洄游。途中有风有雪，水里艰涩无数，直至看到壮阔的太平洋，为那蓼蓝的碧波、那浑圆的落日和所有的美景发出一声心满意足的轻叹。之后再原路返回，安静产卵，沉默死去。

这是我们注定要经历的人生吗？一场在大海里的艰难历险？一场灵魂的壮游？

他也不知道吧。

但是我会一直记得他说的："只能让你一个人在黑夜里游过冰冷的大海。我感觉你一定能做到。你足够坚强。"

是的，我足够坚强。

除了爱，一切都是妄言

| PART 4 |

谢谢你，周杰伦

一个惊天巨雷，一声温柔回响，一个像光一样透明的美梦。

而我们竟然一起，走过了一片洪荒与蛮夷，走到了星光与山河、彩虹和鲜花之地。

1.

2015年的夏天，我去听周杰伦的演唱会。一开始错过了售票期，最后辗转好几个人才买到位置靠前的票，花的钱直逼我当时一个月的实习工资。同事们都说，你是不是疯了。我没觉得我疯，也没解释什么。

多少年来，多少歌星路过，我一次演唱会都没有听过，总是跟前来邀请的朋友说："不，第一次演唱会我一定去听周杰伦的。"

他一出场我就哭了，难以抑制的泪雨滂沱。我不知道该怎么描述那种感觉，像一个预备已久的惊雷，轰一声炸响。

蓝色闪烁的光照着舞台中央的他，像一个小小的星球。身边尖叫声四起，我看着那个素未谋面却如此熟悉的身影，突然连一个声音都发不出来。

2.

认真算算，我认识他竟然 12 年了。

2004 年，他已经出了五张专辑了，成了当红歌手，而我刚上高一。

那个暑假之前，我在《十七岁不哭》里看到杨宇凌的青春，以为我的青春也会那样，会遇到一个安静又优秀的简宁，会遇到孤立、迷茫和困惑，但一切都会好起来的。

可我的青春明显不是那样。

我那时成绩好差，又胖又难看。事实上，我原本成绩尚可，可是在那个所谓的重点班里，我只能考倒数前几名的成绩。座位排在第二排最靠边的位置，反光导致大半个黑板上的字我都看不清。但当老师问起，有没有人听不懂这道题的时候我又羞于举手，难怪课程对我来说越来越难了。

在那个班里，男生有 50 个人，女生只有 10 个人。三年后，他们几乎都考入了各大“985”高校，只有我中途由于实在不堪理科重负而转去了文科班。

在成绩就是王道、考试排名直接决定个人地位的那个班，我后座的男生从不屑于抬头看我，他偶尔的眼神让我第一次清晰地明白了一个词语——鄙视。多少年后我都忘了他究竟长什么样子，却从未忘记那个眼神。

我开始忍受沉重的头痛，在周日的晚自习前回家喝一大碗苦到极致的中药。每天上学的路那么长，十几岁的我走在路上，幻想着一百种可以结束这种生活的“天灾”——地表塌陷、外星陨落、世界末日……

好多个傍晚，我坐在操场跑道的尽头，看着不远处电视剧画面里一样的美好又可爱的女生。再低头看看自己，我不知道我的青春怎么会这么尴尬又苍白，难堪又落魄。

那时候我几乎没有朋友，还没有遇到雪飞。她在随后的十年里给了我多么深沉又凝重的爱和陪伴，我甚至都不知道如果没有她我的生活会有多少不一样。

可我还是遇见了一个来自隔壁班的“简宁”。因为我不是美丽的杨宇凌，所以连和他成为朋友的机会都没有。

有一次，隔壁班和我们班一起上体育课。课间休息时，他被起哄起来唱歌，唱的是周杰伦的《断了的弦》。

我竖起耳朵，自动屏蔽掉了身边所有的说话声，整个宇宙仿佛都只剩下他的声音。我知道了他喜欢周杰伦，所以同时相信了那句话“听你也喜欢的歌，会不会离你更近一点”。

在晚自习的教室里，为了躲避班主任的眼光，我将耳机藏在袖口里，用一个简陋的 MP3 偷偷地听《简单爱》，偷偷地在纸上写些不明所以的话，再匆匆撕碎。

多少个课间，我佯装无事地路过他们班的教室，只为了看他一眼。还有多少个夕阳如水的傍晚，我悄悄地走在他的身后，忐忑又慌张地等待他的回头，尽管他从未回过头。

好多年后，周杰伦拍的《不能说的秘密》里，路小雨忧伤地说："他的背影，我再也无法忘记了……"我看得泪流满面。因为我们多少次擦肩而过，他的面容都险些模糊，那个背影，却从未离开过我的脑海。

从那之后，我不再痛恨那个压抑的学校，甚至也不再痛恨那个压抑的班级。我原谅了我身后那个不屑于看我的男生，也原谅了另一个嘲讽我"你成绩那么差，怎么好意思在这个班里混"的男生。

我毅然决然地转到了文科班，放弃了那些不擅长的理科。

从此，五音不全的我不仅学会了唱《断了的弦》，还学会了唱《七里香》。我成绩好了很多，慢慢地活泼了起来，认识了好多有趣的女孩子。她们都在花朵一样的青春里，我也被感染，很少再伤春悲秋。我一天天变好了，经常在教室里大声讲笑话，像个无忧无虑的"开心果"。

高二的下学期，也是这样美好的、温柔的初春，我坐在教学楼里，看到对面楼上，他静静地走过长长的走廊，仿佛时光就此凝固。

那时我和雪飞已经做了同桌，我经常借她的 MP3 听歌。那时候我还是胖，可她总是爱宠溺地捏我的脸。她那么好看，我都不知道该怎么还击她。

直到现在，她见到我，还是宠溺地过来捏捏我的脸。再也没有谁，像她那样，给了我如此漫长又始终如一的守护。

高二最后一场期末考试之后，我们举办了一个仓促却尽兴的晚会。是谁唱了《发如雪》我都忘了，可那张班级合照我还留着。因为矮差点被挤出镜头的我，拼命站到了桌子上，才慌忙地出现在照片的最后。

我从未想到，那张照片之后，我再也没有那么无忧无虑、放肆天真地大笑过。

3.

之后的几个月，我原以为时间会这样安静地走过，我要更拼命地学习，争取考到更好的名次以和他相配。我已经下定决心高考过后就会勇敢去认识“简宁”。我会好好减肥，会穿上我最喜欢的、最瘦的那条裙子。

可是是谁设置了这么残忍的命运，是谁让这个全世界最美好的少年永远地停在了 16 岁？

他去世的那天，是一年中最好的 9 月，我们刚刚走入高三。蜜糖色的阳光下，学校门口的法桐每一个叶片都透出明媚。这不是个面对死亡的好季节，我骑着自行车在路上飞驰，任由眼泪糊住眼睛。泪痕被太阳晒干在脸上，只剩下一阵辛辣的疼。

我第一次经历死亡，可死亡来得那么仓促甚至惨烈，我连“再见”都不知道该如何说。

前几年，有一个大雨滂沱的春天，雪飞在梦里见到他，他说自己又冷又怕。我太久太久没有梦见他了，但若梦见，只怕会紧紧地上去拥住他。

我们都长大了，变成了 25 岁的成年人，习惯了在职场里假意奉承，学会了在生气时大声骂一句脏话。

只有他还是 16 岁的样子，戴一副黑框眼镜，穿一件暗红色的 T 恤，微微地低着头走在路上。

这十年，我们长出了若隐若现的皱纹，经历了多少“你好”和“再见”，和多少人相遇又分离，干脆再也不见。

可只有他，还是16岁的少年。

今年过年的时候，我和雪飞聊天，说起同事、同学中那些从初恋走过来的人。雪飞说，你不知道我有多羡慕。她不知道我也是，尽管我不愿意承认。我宁肯多年之后看到他变成一个大腹便便的中年男子，变成人群中最普通、最庸碌的那一个，也不愿意我们在16岁那年潦草失散、永不得见。

就像《琅琊榜》的最后一集，霓凰坐在青瓦檐下说：“在我心里，他仍是金陵城内，最明亮的那个少年。”

我们太早学会了告别，甚至是从学会告别之后，才学会了爱。

我多想跟他说，你看这世界多动荡又安宁，你看这人间多寡淡又深情。我还想跟他说，如果你还在的话，该有多好。

可是我什么都说不出。

他走之后，我仍然日复一日地学习，尽管我再也不知道该考到哪个名次才能和谁匹敌，再也没有谁让我想要和他上同一所大学，甚至共度漫漫余生。

那么漫长的高三，我仍然一个人在夕阳西下的傍晚绕着操场的塑胶跑道沉默地走，尽管眼前再也没有他的背影。

有时候雪飞会陪我走一会儿，大多数时候我一个人。

我手里拿着练习英语听力用的步步高复读机，听累了就换一盘周杰伦的磁带。不小心听到《轨迹》的前奏，我总是还没来得及按下“下一首”就涌出泪水。

演唱会的现场，周杰伦唱《轨迹》的时候，我再也躲不掉。他的声音萦绕在半空，唱着我曾经那么爱听之后却屡屡逃避的歌词：“怎么隐藏，我的悲伤，失去你的地方……闭上眼睛，还能看见，你离去的痕迹……我会发着呆，然后微微笑，接着紧紧闭上眼。又想了一遍，你温柔的脸，在我忘记之前……”

这次没有万人合唱，因为我身边的人都哭了。她们的哽咽似乎和我一样，为了那些无处逃脱的心碎。

你是不是也有一首不敢听的歌，你是不是也有一个再也见不到的人？

4.

十二年前，高一的征文比赛，我前座的女生写的题目是《我的偶像周杰伦》，她在作文里写：“他绝不仅仅是一个歌手，他在我心里，是最优秀的榜样，是最温暖的陪伴。”我是看过她的作文才知道周杰伦成名前漫长又艰辛的过去，由此知道了《蜗牛》何以唱得这么动听。

我们俩曾经一起骑着自行车无数次穿过放学后的长街，她最喜欢唱《开不了口》，一边唱一边开怀大笑。她的声音那么好听，我以为她会一直这么简单快乐下去。

高考之后，成绩还没出来，她的爸妈先告诉了她他们早已离婚的消息。她爸爸已经再婚了，甚至有了另一个孩子，可怕影响她学习，直到高考后才告诉她。而她的妈妈，为了照顾她，一直维持着这个幸福婚姻和美满家庭的假象。

她闷在家里一整个暑假都没有出门，我去找过她一次，手还没来得及敲她的房门就听到她压抑的哭声。

从那之后，我再也没有见过她。

九年前，大一的校园里，经常和我一起上自习的男生参加校园歌手大赛，唱的是周杰伦的《一路向北》。我眯起眼睛站在台下看他，天上只有一颗大而明亮的星星。

我们俩像高中生一样分享同一个耳机，我手里看的书是亦舒的《喜宝》，他只知道做高数习题册。那个冬天周杰伦刚出了新专辑《我很忙》，我们吃过晚饭一起沿着小路散步，校园电台天天放的都是《彩虹》，他唱："也许时间是一种解药，也是我现在正服下的毒药。"那样的深情我之后好像再也没见过。

后来，他的父亲生病去世了，他再回来的时候，变成了一个少言寡语的少年。再后来，他放弃了所有远方的梦，回到了离妈妈最近的故乡。

从那之后，我再也没有见过他。

当初在《十七岁不哭》里扮演简宁的李晨参加跑男后，外号变成了"大黑牛"，再也没有了我心中文弱腼腆的"简宁"的痕迹。扮演杨宇凌的郝蕾也早就褪去了青涩，很少出现在荧幕上。

一切的一切都变了。

那些年和我们一起听周杰伦的人，多少疯傻，多少痴狂，多少消失在人群中再也没有踪影，多少早早离世只得在梦里枉自顿首凝眉。

只有他的歌，一直在一直在。尽管他娶了别人，当了父亲，几乎鲜有新的音乐作品问世。尽管我们弄丢了旧的复读机和磁带，换了新的 MP3，尽管那么多歌星来来往往。

可是，他还是周杰伦啊。

那个唱《七里香》的人，那个陪我从 130 斤瘦到 100 斤的人，那个陪我中考、高考、考研、面试的人，那个陪我从一个倒数第六名的差生一直读到硕士毕业的人，那个陪我走过千山万水一路变得更好的人。

那个陪我暗恋、相恋又失恋的人，那个陪我蹚过多少冰河、翻越多少高山直到从黑暗地洞跑进温暖阳光中的人。

那个成了我们最心照不宣暗号的人。

那个陪我度过了一整个青春的人啊。

他不是一个歌手，他是一个时代。我们牢记着他，因为我们忘不了所有年轻的、痛苦的又充满希望的时光。我们热爱他，因为我们热爱这同样年轻的、痛苦的又充满希望的时光。

5.

那场演唱会上，他曾说过一段动情的话，他说："我看到有人，带着孩子来听演唱会。未来，你们陪我多久，我也会陪你们多久。"

我为别人写过那么多的字，可是写到这里，突然觉得写再多也写不出你对于我的全部意义。

最后只有郑重其事地说一句：

"谢谢你，周杰伦。"

一个惊天巨雷，一声温柔回响，一个像光一样透明的美梦。

而我们竟然一起，走过了一片洪荒与蛮夷，走到了星光与山河、彩虹和鲜花之地。

我多想和你，永远有话可说

也许，我们终其一生，都在寻找一个可以说话的人。也许，

我们对彼此最深重的情意，就是永远有话可说。

1.

20 岁那年，我第一次读到许知远的《那些忧伤的年轻人》，那种激动、振奋大约和他所描述的遇见海明威的书一样。

他在和我差不多的年纪里写下这本书里大部分的篇章，记录一些思考和相遇，记录一下好像并无什么特别的大学时代和其中充斥着的旺盛的热情。

推荐这本书的男生，在大四那年和我一起考了清华大学五道口学院。

我在五道口的校园里偶遇他。那时它还叫中国人民银行金融研究所，还没有并入清华。我也还没有经历后面的暴瘦和抑郁，走在

初秋的风里，满心都是对未来迫不及待的渴望。我梦想走入华美的“20 年代”——20 多岁的时光理应一天比一天更好，我会拥有很多很多的爱，也会拥有很多很多的钱。但后来发现事实并非如此。我很快就硕士毕业，踏入社会汹涌的潮流中，在“20 年代”的中途即被催婚到满心厌倦，对银行卡里的余额仍然难以启齿。

但《那些忧伤的年轻人》里，许知远说：“真正感动人们的，从来不是思想，而是年轻的勇气。”所以我们仍然像飞蛾向往火花一样，在夜半无人的自习室里噼里啪啦地燃烧着自己年轻的勇气。

那时候智能手机还很稀少，没有微信，我们还用超长待机且超级防摔的诺基亚，包月手机流量微乎其微，只够使用诺基亚装机自带的 QQ 软件和浏览器。他跟我发短信，讨论专业课的考点，也聊我们已经错过很久的足球赛事和上市新书。

那时我前排的男生每晚九点准时去教学楼的天台上抽一根烟，容忍着不远处的我走来走去像念经一样唠叨着尼采的话：“谁终将声震人间，必长久深自缄默。谁终将点燃闪电，必长久如云漂泊。”

那句话也是他某天发给我的短信。谁也不知道，尼采曾长久地拯救过一个深陷考研泥潭的女生，而他也不知道，他那些零零落落的短信开启了一个女生对哲学一生的依赖。

多年之后，我看到作家黄佟佟写的：“尼采一生潦倒，死后被人遗忘很久，饱尝了人间辛酸。但是他全身心地拥抱了黑暗。”只觉得眼窝酸涩，不知该怎么感谢他教会我一起拥抱黑暗，在深井一样的青春里只看到一轮璀璨的太阳！

2.

后来我们都没有考上五道口。准备调剂其他学校的日子焦灼又难熬。冬末春初，所有人和植物、动物都做好了新生的准备，只有我们茫然失措、前途未卜。

我又在他的推荐下看了电影《日出之前》。他说在他考前因为焦虑而失眠的日子里，一直循环播放着这部影片的原声。

两个年轻人在火车上相遇，决定一起下车，去游览一个陌生的城市。维也纳大概最适合这次“艳遇”——其实我并不愿称其为艳遇，因为真爱哪应该被冠以艳遇之名。

那时候的她，有着饱满如花瓣一样的面颊。那时候的他，脸上还没有疲惫的神态。他们朝气蓬勃。就好像过去的我们，20 岁的我们。

他们在摩天轮上观望日落，跃上一辆巴士再由着自己的心情停下来。他们去逛公墓，也去酒吧喝酒。他们信马由缰地聊天，什么都可以聊得下去。他们在深夜的街头被彼此的忧伤、困惑和某种意义上的“深刻”所打动。他们永远有话可说。就好像过去的我们，20 岁的我们。

最后，到了终于要告别的时刻，他们约定六个月之后再在站台相遇，两个人都没有留下彼此的电话、地址等一切信息。

几年过去，这仍然是我最爱的一部爱情电影。我清楚地记得看到最后分离时刻黏稠的疼痛，好像知道他们终究会错过一样。所有人都念念不忘耿耿于怀，不知他们最终是否去了约定的地点，不知他们是否顺利地相爱生活。直到九年之后，第二部《日落之前》的上映。

不知道是不是因为这部电影，我一直都在渴望那样的一个伴侣，能说无穷无尽的话，无论是沉溺在熟悉的生活中还是走在陌生异乡的街道上，无论是讨论最新的明星八卦还是五万年前的亡灵。

那时候我就在想，也许，我们终其一生，都在寻找一个可以说话的人。

也许，我们对彼此最深重的情意，就是永远有话可说。

3.

我后来几次去北京，都没有再见到他。

他在博客上写的文章夜深时一读再读，那是一个深刻地隐匿着自己才华的人，仅仅专心于自己的专业。我大概从他身上看到了彼时的、年轻的许知远。对世界有着热切的倾诉欲望，想要从某一个层面去改变世人。他理应成为一个拥有更多读者的写作者，只是他似乎并不愿意这样做。

我调剂到了另外一所学校，开始了不算新鲜的新生活。剪掉了长发，又慢慢将短发留长。生活也是如此，周而复始，唯一的变化是我终于有了大把的时间追看最新的足球赛事和上市新书，也有了大把的时间安安静静地躲在图书馆里啃尼采的著作。

他最终没有“二战”，也没有工作，申请了去英国读书。我看着他热切地奔向了自己的新生活，满心都是为他所感受的喜悦与感动。

后来我陆陆续续地看完了许知远全部的书，又看到他做了音频节目《单读》，在节目里总是以“我是许知远，与各位一起阅读这个时代”为开头。听这个节目成了我生活里的某种仪式，在上班、下班、去健身房、去超市的路上，我和多年前阅读《那些忧伤的年轻人》一样，听着耳机里他的声音，仍然在传递着这么多年来他从未放弃传递的东西——精神、文艺、自我觉醒、内心生活。

我也遇到了越来越多的人，但我发现更多的我们好像习惯了逃避“深刻”，因为“浅显”更让人轻松。我们也习惯了逃避“深情”，因为害怕“心碎”的苦痛。

可是许知远仍然跟我说：“一个年轻人，应该负担些更为深刻的东西。一个年轻人，应该努力地融入社会，更应该努力地区别于他人。”

时间悄然而逝，我们渐渐地在人群中失散了，而我回忆起这位老友，只觉得那时候的岁月和陪伴都多么华美，却稀薄。擦肩而过的陌生人那么多，可又有谁在我 20 岁的黑夜里告诉我尼采曾说过：“自从一股逆风袭来，我已能抗御八面来风，驾舟而行。”我们说过多少话，都是年轻时的满腔热血和赤诚，朱颜犹在，雕栏玉砌也未改。

人生忽如寄，寿无金石固。幸曾与君诗书美酒，一晃春秋。

4.

仔细想想，你和身边的人有多久没好好说说话了？

多少年前，我们还经常坐在操场上长谈。可后来，即使聚餐完毕，无事可做时拉个微信群发送红包，却不愿真挚地望向对方的眼眸。

我和我的中学同学们已经毕业近十年了，微信时代，四散各地的我们终于建立了一个群，但几乎从不谈话，我曾问过一句：“大家都好吗？”但无人应答，只有寥落的红包和各种表情包大战。我悻悻离开，那种落寞最终升华成了忧伤的失望。

我便知道，十年之后，我们才实现了真正的告别。我们大约，再也不会相见了。

我也不知道时代究竟是变得更好了还是更坏了。毕竟以前有想看的书要去图书馆翻找或去书店购买，有时还并不能买到，但如今只需点击几下，几秒钟内就可以收到全文。

毕竟以前忘带钱包几乎寸步难行，而今只要手机在手，也可以用支付宝打车、就餐、看电影，在外面玩个痛快才回来。

可是这个时代真的变得更好了吗？手机没电的焦虑早已超越了其他各种焦虑排在了第一位，而排在第二位的大概是没有 Wi-Fi 的焦虑。我们沉迷于手机，却忘了拥抱枕畔之人。我们湮没在爆炸性的信息里，却迷失了自己的灵魂。

所以我常常想起那个科技还没有这么发达的时代，我们促膝长谈，我们杯酒诗书。我们有无数的时间彼此拥抱和凝视，我们坐地论道分享着彼此的秘密和忧愁。

在那个时代里，五道口男生和我一起走在初秋北京的街头，我双手插在口袋里，有一瞬间想要吹口哨，但更多的瞬间，我听他说，海明威写的故事有多么迷人。还有我更多的同学，我们都相信文艺可以予人以拯救，才在夏日微凉的夜色中讲起亦舒的小说，讲起那些热衷于穿白衬衫、卡其色裤子的女主角。某种程度上，她们构成了我们心里沉甸甸的锚和内核，让所有年轻的女孩有勇气去过一种独立的、自由的、偏向于精神层面的生活。

可是如今，我们有多久没有好好说说话了？！

我多希望，我们连接的纽带不再只是微信群里的红包和朋友圈里的点赞。我多希望，我们彼此凝视、心无旁骛，为彼此找回那个孤独却满腔热血的少年，跟他说“好久不见了，你好呀”，而不是说“我已经不认识你了，再见吧”。

我多想，多想永远和你有话可说啊。

就像星星走向星星，就像光芒照亮光芒

女生之间的友谊绝非只有胭脂水粉、鲜花茉莉。飞车五万里、纵情天地间，我们原本就有着更山长水远的情意。

1.

新年的第一天，和好友小煜视频聊天，惊讶地发现她刚剪了我恰好也想去剪的那一款短发，她给我的新年礼物恰好又是我最中意的一个手包。两个人和在校园时一样，互相看彼此的衣柜，讨论要不要买一件价格不菲但光彩照人的大衣，聊着过去一年的遗憾，构思着崭新一年的计划。

看着视频里她闪闪发光的眼神，我就像回到了遥远的大学时光。那时候，我们一起坐在图书馆的角落里聊卡夫卡，窗外是一片波光粼粼的湖面；或者坐在教学楼转角处的窗台上边吃薯片边聊天，随后继续去上自习。我啃好像永无止境的考研数学复习全书，她背好

像永远背不完的英语单词。

大三那年的4月，宿舍楼院子里的玉兰花开得饱满馨香，窗外春光正盛，我们在宿舍一楼的自习室里消磨掉漫长的时光。学习的间隙看《老友记》，为着荧幕上别人的情意笑得前仰后合。那时我们从未怀疑过长大之后、毕业工作之后，我们也可以拥有那样的一间房子，三五个好友相拥、夜半喝酒聊天，数远处寥落的星星、看近处汹涌的人群。未来遥远又模糊，可那些真真切切的向往——全是关于爱。

后来很快就大学毕业了，我们仍然没有那样的一间房子。

我去了济南读研，再一次毕业，又去了青岛工作。和朋友住在一起，但聚少离多。在房价持续攀高的城市里，我们只能拥有一间卧室，大而宽阔的客厅彻底成了奢望，连同那些爱与陪伴也随之变成了奢望。

小煜去了美国读研，再一次毕业，留在了夏洛特生活。她和两个陌生人住在一起，朋友寥寥。我常常想象着她独自驾车穿越那座森林小城，像奔跑着的小鹿斑比一样。

我们没有像大三那年所期盼的一样，拥有热闹的朋友们，拥有很多很多的爱。在这个城市孤独游走的时候，我还是看《老友记》，看到罗斯陪着瑞秋去洗衣房洗衣，她忘了将不同颜色的衣物分开，于是所有白色的衣服都被染成了粉色，而罗斯只是温柔地笑着看她，那是穿越了漫长暗恋之后的目光，仍然害羞却炙热。她坐在收集衣物的推车里吻了他，而他，只剩惊慌失措。

我还看到瑞秋、莫妮卡和菲比在阳台上偷看隔壁楼上的年轻帅哥，她们喝着红酒，讲着笑话，让我只想起那句话："青春无你，何以为青春啊。"

我们好像都没有过上更年轻时梦寐以求的生活，连相见都不易，可是大概因为记忆太过华美，总有一些东西仍像血液一样汩汩流淌、新鲜跳跃。

就像《老友记》可以随时随地重新翻看。

就像我们从未分离过。

2.

小煜2011年去了美国读书，中途只在2012年的元旦回来过一次。我们分隔得太远又太久，可是有些人啊，即使数年未见，仍然如同两颗遥遥相望的星星一样，守着相似的光芒。

上次我们说这样多的话还是在去年的9月。两个人分别看过《末路狂花》，都满眼热泪，迫不及待地要和另一个人分享。

这同样是两个女人的故事。各自在生活中沉沉浮浮，一个是受困于繁忙琐事的家庭主妇塞尔玛，另一个是在咖啡厅里工作数年却存款寥寥的服务员路易斯。

塞尔玛的老公暴躁焦虑、难以沟通，动不动就火冒三丈，对塞尔玛大发雷霆，可她即便是在迈上这条不归路之前，还在微波炉里为他留下了一顿晚餐。她先斩后奏的外出果然让他勃然大怒，怒斥一声：“你给我马上回来！”之后不待她回答就摔了电话。

所以谁能猜到这个唯唯诺诺、连短途旅行都不敢向丈夫报备的女人，在前往墨西哥的亡命之旅上，不仅学会了妙语连珠、持枪抢劫商店，还冷酷至极、步步为营地胁迫一名警官缴械投降，成功地将瑟瑟发抖的他塞进了后备厢。

当然，每一个爱闯祸的冒失鬼旁边都有一个清醒的、可以一巴掌打醒你的女朋友。但她也会在你受伤时奋不顾身地冲向前，甚至因此而冲动杀人。

当酒吧里遇到一个男人想要强暴塞尔玛时，路易斯毫不犹豫地开枪打死了他。在这一路上，她眼里的斥责和恨铁不成钢是真的，可开车狂奔时，看着身边的冒失鬼大姐困倒在副驾上的倦容，眼里的宠溺和温柔也是真的。

我们都一样为《末路狂花》这场电影的最后一幕落下热泪。

她们终于逃无可逃，于是决定在峡谷前飞车跃下。铁锈红的戈壁上，扬起的沙土里有她们因逃亡而干枯凌乱的头发，而眼神里的炙热却足以燃烧一整个白昼。

飞车跃下之前，塞尔玛对路易斯说："谢谢你为我所做的一切。"我知道她的潜台词是，即便路易斯的所作所为触犯了法律，将她们逼到了绝境，但她仍然无限感激。

我也从此知道，女生之间的友谊绝非只有胭脂水粉、鲜花茉莉。飞车五万里、纵情天地间，我们原本就有着更山长水远的情意。

那里是独属于女生的温柔守护，也是可以属于女生的壮阔侠气。

在被警车围堵得水泄不通时，她们好像用尽了全部力气去做最后一个拥抱，让我想起明末文人袁中郎的诗句："人生不得行胸臆，纵年百岁犹为夭。"

3.

每每遇到这样的时刻，我都觉得，只有小煜才能懂得。

我和她2007年遇见，走入大学，被分到同一个班级。如今想来，也快十年了。这些年里，分离的时间比相聚的时间还要漫长稠密，可是好像一切都没有变化。在她之后，我再也没有遇到另一个人，能够天南海北、彻夜长谈，也再没有遇到另一个人，让我能从她的眼神里看到自己。

矫情如我，在拥挤的公交车上读书读到情深之处都能不顾颜面热泪滂沱，也只有她能在嘈杂的大学食堂里听我讲十字军东征的冗长故事，也只有她，肯在毕业时分旁人都忙于觥筹交错时陪我安静地枯守在图书馆的文学书架面前。

上大学的那些年，我们俩住对门宿舍，晚自习结束之后各自蹲在宿舍门口隔着走廊聊天，旁人问起："你们俩天天在一起怎么还有那么多话可说？"

我也不知道。

我只知道，分开之后，我再也不能随时随地和她分享一本书的感动，才开始在网上写书评。再也不知该将那些如热水将沸的故事讲给谁听，才开始在网上写文章。

如果写作是因为孤独，那一定是在她远走美国之后开始的。

如今我们隔着十二个小时的时差，白天和黑夜彻底颠倒，但仍然拥有共同的默契。有时她跑过来，兴奋地跟我说："我看到了一篇文章好喜欢，我发给你看看！"还未等发过来，她又说，"啊，我看到了最后的署名，原来就是你写的！"

有她在，我从来不必缅怀少年衷肠和赤子之心。

少年衷肠和赤子之心，一直都在。

怀旧到底有什么意义呀？

这就是我们的情意——从不以彼此为耻，永远以彼此为荣。

1.

前几天，我的好友小煜从美国回来了。我去看她，顺便去了大学的母校。

我们都毕业五年了，可是它竟然一点儿都没变。山山水水，一草一木，都安然静默地待在那里，仿佛这五年的时光都是一场梦。

我使劲儿紧闭双眼，好像还能一觉醒来，发现我仍然 18 岁，坐在微观经济学的课堂上，旁边的同学拿着诺基亚的手机偷偷发短信，老师说："下面我来点名……"

我和小煜走在校园里，走在那条从宿舍通往自习室的路上。我们当年大概走了几千次，如今踏上觉得恍惚如醉。不得不承认，就是在那条其貌不扬的小路上，我们一次次地走向自己的未来。小煜走向了那座美国的小城，而我走向了如今的一切。

人生中必须有这样的一个地方——你变了，一切人都变了，只有它没变。

食堂还是食堂，宿舍还是宿舍，就连门口的小卖部都还在卖着相同的东西。

它永远在那里，提醒着你——你曾那么年轻，那么无畏，有着滚烫的泪腺和热情的面庞。你一身孤勇地奔向自己的未来，尽管你一点儿都不知道未来是什么模样。

就算现在的你已经走进了当年梦寐以求的未来里，发现一切并不如愿，但你仍然珍爱当年的自己。

因为你再也找不回来的不是时光，而是那个偏执的、孤独的却经常热血沸腾的人。

我记得在那栋熟悉的教学楼里，每逢期末考试，我都要找另一个好友陶君问数学题，从高等数学到线性代数，再到各种复杂的经济学习题。6月最热的盛夏，蒸笼一样的教室里，他不厌其烦地告诉我金融经济学里蝶式期权究竟是什么意思。

当年，他是那个在我考研最沮丧时跟我说“加油”的人。后来，他是在我找工作笔试失败时安慰我“没事，下回我陪你再考一次”的人。如今，他仍然是在我因为写不出来东西而焦躁难安时鼓励我“慢慢来，沉住气”的人。

我常想，我们自年少时的相识是如何度过了这漫长的近十年的时光。

后来我才知道，是因为我们永远在真挚地注视着彼此的成长——我希望你好，甚至希望你比我更好。你为我被荆棘刺痛的双脚满含泪水，就如同我为你收获的通身荣光而无限骄傲，仿佛那荣光也照耀在了我的身上。

这就是我们的情意——从不以彼此为耻，永远以彼此为荣。

2.

在这个世界上，怀旧大概永远是个经久不衰的话题，适合所有年龄的人类——从少年到中年，从中年到老年。少年怀念童年，而所有已经告别了青春的人，几乎都用余下的全部时光来怀念青春。

青春多好啊，爱过、恨过、大笑过、痛哭过。若干年后，所有的情愫都被时间无限发酵，有的阵雨早已了无痕迹，有的阵雨却仍残留下了霹雳一样的雷声。有人说“年来多梦少年事，唯梦闲人不梦君”。有人永远在耿耿于怀于已经失去的一切、没有得到的一切，甚至唾手可得又被自己抛弃的一切。

难怪最近的电影《火锅英雄》卖座，因为它又成功地打出了一副“怀旧牌”。

三个男生和一个女生，开的火锅店叫“老同学”，唱的老歌是《失恋阵线联盟》，每一个元素都很“复古”。

三个男生都喜欢过这个女生，但女生却一无所知。三个男生长大之后开了家火锅店，资金周转不开，经营陷入困境，险些散伙、就此别过。

长大了的女生就是在这个时候出现的。她做着不喜欢的工作，她的同事处处给她难处，她过得非常不快乐——多像此时此刻的我们。

她遇到长大后的男生们，他们有的结婚了，有的闹离婚，当年穿着白衫黑裤、意气风发唱歌的少年都变了样——多像此时此刻的我们。

但总有一些东西没有变，总有一些东西仍然被封存在心底，随手俯拾，皆是满手馨香。

对于永远热爱凝视过去的我们来说，最幸运的——不是过去多美好，而是总有那么两三个人愿意牵着你的手、站在你身后，一起慷慨激昂地走向未来，走向远方。

那是荧幕上的他们四个人，那是现实中的小煜和我，还有陶君。

第一本书出来之后，我给陶君寄去的书的扉页，抬头写的是“挚友陶君”，舍友看到都笑了，为着“挚友”这两个古老的字。

我也不知道该如何解释，只觉得再也没有另两个字能尽述我们近十年的情谊。有友如此，真挚无方——这是我们过去的十个年头，而未来，未来仍然漫漫。

而我写给小煜的扉页，是引用了莎士比亚的诗：“树荫逃得再远，也逃不出树的根，你走得再远，也走不出我的心。”

我是从她身上，知道万千深情皆可托付，而我们，永远不必担心会走失在彼此的岁月中。

3.

那么多人都热爱怀旧，怀旧到底还有什么意义——除了那些星火般的情意，它还有哪个地方值得我们如此沉醉其中？

我在坐火车返程的路上，看到车窗外广袤的华北平原上整齐的麦田。绿色的麦田里，还有间或生长着的油菜花，远山外斜阳西照，像一幅工整的水彩画。

我手中的书，是陈丹燕写的《我的旅行方式》。她去少年时的一位好友的故乡，想起她曾茂盛燃烧过的青春，于是写了这一段话：

“油菜花黄灿灿的，如此热烈和朴素，让我好像能重温到她的年少理想。我真为她感到庆幸，庆幸她在少年时代曾热血沸腾。庆幸她曾有过与现实生活全无干系的理想，并实践过它。一个人在年轻时代血没热过，这个人就从未年轻过。”

以前我从未想过怀旧的意义是什么，看到这段话时我突然知道了。

怀旧的意义就是我们知道自己不断变老，也知道自己总有一天会怀念现在的岁月，所以才拼尽全力过得无悔。

因为谁都不想，若干年后，你回望时光，只看见一片白茫茫的空地，什么都没有留下，一丝刻骨铭心的记忆都没有，所以才燃烧至最后一丝灰烬，以将所有灰暗的时光都点亮。

我的大学同学，她在毕业后给我打过漫长的电话，心痛地说：“我好后悔大学四年没有好好度过……”我也不知该如何安慰，只能说：“没关系啊，现在的时光过好了以后就不会后悔了。”

现在她已经当了母亲，抱着初生的女儿，我才终于从她的照片中看到了某种与生活的和解，甚至与过去的和解。

所以，年轻的岁月里一定要有一些热血澎湃如待征将军般的日子，也一定要有一些辛勤躬耕如田间老农般的日子。这样每逢你觉得生活无望走不下去的时候，当时的年年月月浮现出来，就觉得不该愧对从过去到现在一路奔来的自己。

自己给自己的力量，才最是深沉稳重。

因为没有燃烧过，所以一生都在假想燃烧的壮丽——这就是怀旧的意义。

它更绵长的意义是，我们从此学会了珍视时光，珍视身边凝望之人。你知道好景不常在，也知道身边之人也许走着走着就失散在人群，但你也从此知道了，每一个笑容都该被深深记取，每一秒钟都该用尽全力。

我们一边怀旧，一边热烈地凝望远方，并勤恳地耕耘脚下的土地。

于是，记忆里永远都是最好的自己。而更好的自己，还一直在前面。

想想都觉得真棒啊。

我已经变得足够好了，你怎么还是不喜欢我?

“自由”不是出于别的，而是出于“自爱”。

1.

我一般不是个毒舌的人，但每逢女孩们向我倾诉情感烦恼时，我都变得比较毒舌。最常说的话是“别纠结了，他就是不喜欢你”或者“他早就把你忘了，你等不回来的”。

我鼓励所有人（包括女孩）勇敢地去追求自己喜欢的人，用直接或者间接的方式，但我非常不喜欢一类情感作者安慰女孩子的套用句式：

“当你足够好，才会得到他。”

或者：“当你足够好，才能够遇见对的人。”

这不是扯淡嘛。什么叫“好”？ 1000 个人心里有 1000 个哈姆雷特，1000 个人眼里甚至能有 10000 个对“好”的定义。你爱高山流水，他爱萝卜青菜，一个人眼里的“好”很可能在另一个人眼里不值一提，更别提如何实现别人心里的“好”。

肤白貌美气质佳当然是好，可这对于像我一样长相普通的女孩子来说，多难实现啊。

整容有风险，我还没有钱，吭哧吭哧健身一年才减了几厘米腰围，竟然还有人跟我说：“哎哟，女孩子不要那么拼命健身，练出来一身肌肉多不好看啊。”（当然，我全程心里都在说呵呵。）

腹有诗书气自华也是好，可这得多漫长的时间才能累积出来啊。更何况，古有“女子无才便是德”，今有“我不喜欢老婆比我强”，你一首五言绝句说出口，对方全程冷漠脸，心里想的是：“哎，大姐，上班已经很累了，我们能不能聊点轻松的事情？”

我看电影《恋爱假期》，两个失恋了的女人为了逃离心碎而互换住所、旅行度假。其中的一个，是个极度事业型的女强人。她的男朋友不喜欢她，偷偷出轨，让她几近崩溃。

她什么都没有做错。在爱她的人眼里，她工作时认真投入的模样光芒四射。可在不爱她的人眼里，她就是一个不顾家的工作狂。

你能说她不够好吗？她在我们眼里，简直是棒呆了。但她的男朋友就是不喜欢她这一款，他就是喜欢温柔可爱、厨艺精湛，能陪他洗衣、做饭、聊天、看剧的小女人。

你不能说她不够好，只能说她遇见了错的人。

我以前说过你永远不可能取悦所有人，今天我还想多说一句，你最不该取悦的，就是你喜欢的那个人。这里的“取悦”，不是对他好，而是为了他，变成另外一个人。

不管他喜欢不喜欢你，你都要活得最像自己。

他说他喜欢长发，于是你等到长发及腰，可他却选了头发更短的人。他说他喜欢文静，于是你天天沉默地陪在他身边，可他最后还是没选你。

当你把自己的情绪甚至一切自我价值认定的标准都捆绑到别人身上的时候，跟把炸药包捆绑到身上一样，动不动就会炸了。

所以每次遇见有女孩过来跟我说“我觉得我已经足够好了，他怎么还是不喜欢我”的时候，我都很心疼。

姑娘，他不喜欢你，不是因为你不好，而是因为他瞎啊。

2.

比起“当你足够好，才能得到他”，我更不喜欢的一句话是：“好好努力，变成一个更值得被爱的女生吧！”

老妖说这句话里隐藏着轻微的歧视，我觉得不是轻微的歧视，而是沉重的歧视。

它的意思是，当你足够好了，你才更值得被爱。

可是，当我们不足够好的时候，就活该没有人爱吗？

我是个自卑的人，以前就是抱着这样的念头，过得唯唯诺诺、伤心失落。

我一直都觉得自己不够好，觉得自己不够好看，所以我暗恋的人才不喜欢我。觉得自己太理想主义，所以能聊得来的异性朋友才很少。觉得自己没读名校，所以才配不上更优秀的男生。甚至觉得是自己不愿意相亲，所以可选择的机会才寥寥无几……

我不停地批评责难自己，从来没有告诉过自己——这不是我的问题。

现在我终于改变了。

因为放眼周围，这个社会给女孩子的压力太大了。你永远都达不到那个别人眼中的“好”。

当你学历很低，学校很差，工作不好的时候，别人说，你没有人爱，是因为你不够优秀。

可当你终于学历很高，学校很好，收入很高的时候，别人竟然说，你没有人爱，是因为你太优秀了，男生根本不敢找你。

可气不可气！

所以当我想通了这个道理时，我能感觉到一直压在自己心里的那块很沉重的石头，瞬间四分五裂，化为粉末了。

我们就是我们自己，不管长发还是短发、居家型还是事业型、理想主义还是现实至上，我们选择了要成为这样的人，为什么因为“别人不喜欢”就否定自己的价值呢?

所以我们都应该拥有这样的底气，能够理直气壮地默念：“你说你不喜欢这样的我，我还想说你根本不配拥有这样的我呢！”

有人说，遇到喜欢的人，第一个反应是自卑。可我多想跟所有因此而自卑的你们说：“尽管我们不完美，尽管我们有缺点，尽管我们从来都是人群中默默无闻而非光芒耀眼的那一个，但绝不应该因此而否定我们的人生。你原本就值得被爱，值得被珍视，值得一切美好而真切的感情。自卑只能成为我们的动力，而绝非我们的枷锁。”

就算没有得到那场你梦寐以求的爱，你仍然是最好的自己。

并且，你明天还有可能成为更好的自己，我相信你，就像我相信我自己。

3.

所以为什么我们还是要变得更好?

因为我并不是为了谁谁谁才变得更好的，我是为了自己呀。

像我朋友说的：“变得好，是为了自己爽嘛。”

为了自己照镜子的时候开心，为了能穿上更瘦、更好看的衣服，为了以更优雅从容的姿态尽情享受年轻的热烈的时光，而不是为了谁谁谁来爱我。

长大之后，我梦寐以求的不是别的，而是一种心灵上的“自由”。

现在我越来越知道，“自由”不是出于别的，而是出于“自爱”。

当一个人发自内心地厚爱自己、珍爱自己时，才不会被任何人打败，更不会被别人的不爱、社会的眼光打败。

而若聊到爱情，我想象真正的爱，一定不是悲壮的爱，不是自残式的爱，不是我步步荆棘地走向你，走得满身伤口、满心血泪，你同情地看了我一眼，摇头叹气，犹豫再三。

真正的爱，一定是平和而温柔的。没那么多千山万水，没那么多辛苦跋涉，你们被微风中轻轻站立的彼此点燃，再用漫长的一生回顾这场燃烧。

你终有一天会拥有这样的一个人，和这样的一场爱。

最后的最后，一定要相信我说的，你特别好，真的。

还有，我们都能活得又酷又美好。

我知道你不完美，但我仍然愿意爱你

爱是什么——是因为你，我更迷恋这个世界。

1.

大卫·芬奇有部非常精彩的电影，叫作《消失的爱人》。大部分人都在这部电影中探寻婚姻的真相，但我记忆最深的部分，却是他们如何在婚姻中彼此伪装，为了成为对方喜欢的那种人。

在这场婚姻中，妻子是典型的中产阶级女生，家境优渥，她的作家父母以她为原型创造的文学人物几乎家喻户晓，所以连带着她也早早成名。

而丈夫出身小城，相对来说贫寒得多，几多拼搏之后也变成了颇为成功的人士，他也一直在妻子面前扮演游刃有余的成功人士的形象。

矛盾的爆发源于他的失业，随后，他出轨了。他讲述的出轨的理由是：“一想到回到家里，她可能用轻视的眼神看着我，我的胃就痛苦地揪成一团。”

而她的想法是：“我一直在做那个 cool girl，我知道他喜欢的是 cool girl。”但事实上，她从来不是一个 cool girl。

这部电影的故事远远比我讲述的复杂，但我从他们身上看到了一种最大的不可能——不是阶级、不是物质、不是漫长的成长经历，而是他们爱上的，其实都是彼此的伪装。一个疲累的成功男士和一个疲累的 cool girl。

他们爱上的，从来都不是真实的彼此。甚至，他们从来不认可这种真实。

美剧《蛇蝎女佣》里也有一段让我印象非常深刻。主演中，其中一个已经 50 岁的主妇在和丈夫离婚之后，结交了新的男友。

前夫贸然前来要求复合，她义正词严地拒绝，告诉前夫：“我从来不知道自己是这么好的一个女人——直到遇见他，听他一次又一次地这样告诉我。”

他夸赞她的厨艺，拥抱她略微发福的身躯，凝视着她的眼眸说：“你值得所有美好的事物。”可是她的前夫，却从来不屑于她所追求的一切。

所以我想，不管是哪种形式的爱，不管是爱情，还是亲情与友情，我们最想从亲密关系里获得的，大概是一种认可吧。

你知道我的荣耀，也知道我的不堪，但你全身心地接受了这一切，并且，仍然愿意拥抱我。

我们看见了最真实的彼此，并为此而沉迷，这才是真正的爱吧。

2.

我曾有过两段很糟糕的友情。

其中一位，永远在说："你不可能。"

那时候我和同学在一个自习室里准备考研，她认为以我的成绩，绝不应该报录取分数如此之高的名校，于是最常做的事情就是在我们学习的时候说："有用吗？反正也考不上，还不如趁早放弃。"

再后来，我开始写文章。没有任何一家杂志社约稿，也没有后来那些让我开始走入编辑视线的热文，当时恰好我们在聊天，于是我告诉了她我在写文章这件事情。没想到她说："就你？"

而另一段友情中的另一位，永远在说："你不够好。"

他在我面前说起某一位共同的朋友，夸赞她的才华横溢和天赋异禀，当我开玩笑说"我呢"的时候，他只回应了一个"嗤之以鼻"的表情。

我们认识了很久，但我如今回想，他最常说的话就是"你想事情怎么那么幼稚"或者"你真是难伺候"。

我不是个轻易与人交恶的人，何况我们还是同学，抬头不见低头见，所以我们一直保持着这样的关系，而我从来没有果断地与之绝交。

只是，我那时还没有如今这么"硬汉"和强大，因为他们的缘故，我的自卑感越来越深重。

在第一个朋友面前，我再也不袒露自己的真心，更不袒露自己的愿望、梦想甚至野心，因为我知道，任何对于未来的想象都会被她驳斥得全无可能。

而在第二个朋友面前，我竟然学会了在他批判我之前，先自嘲一句："我觉得我好差劲。"这句话慢慢就演变成了："我知道自己长得丑"（所以你今天可以不必嘲笑我的穿着了），"我文笔好烂"（所以不用你说我写得差），"我面试过程不太好"（所以就算失败了你也不会再笑话我）。

后来，我慢慢地和这两位曾经的朋友彻底失散，因为人心都有防御机制，我一次又一次地从和他们的友情中受挫、伤怀，不可能一直学不到什么。

我不再主动和他们说话，甚至有时刻意地躲开他们。我从未在他们面前发过脾气或者表现过任何不悦，但真正意义上，我们终于"绝交"了。

从那之后，我几乎对每一位向我倾诉情感问题的朋友或者陌生人说："绝交要趁早。"我说的"绝交"不是要撕破脸，而是尽早远离他们。

以前的我，20 岁左右的时候，尽管写过那么多心灵鸡汤，但仍然没来由地陷入自卑、迷茫和落寞中。无处述说，只好一个人消化、吸收，日复一日，等它们变成一块硬石，生生烙在心底。

我后来遇见很多人，遇见了更多真挚的朋友。

他们跟我说："你写得很好，并且，可以更好。"

他们还跟我说："我很喜欢你，和你在一起特别快乐。"

我不是虚荣地需要一句夸赞，而是他们的认可让我觉得自己可以一直写下去，也可以一起将原本乏味的日子过得津津有味。

我是从他们的口中和我们在一起开心轻松的时光里，真正接受了自己的全部——认可了我的优点和光芒，更认可了我的缺憾和阴影。

3.

以前看过一句话："我爱你，不是因为你的样子，而是和你在一起时我的样子。"

我遇见过真正才华横溢的人，为了和她的聊天能够顺利进行，我常常要一边打开百度，一边表现出对她说的一切有关艺术的事情极其有兴趣。天知道，我对艺术几乎一无所知。

我也遇见过非常脆弱的人，为了不在"无意"中伤害他的心，我在他面前几乎每一句话都要斟酌再三。

这样的感情，理所当然地没有继续下去——尽管我们也曾有过短暂的、快乐的时光。

只是我无法长期伪装自己不够高雅的艺术修养和大大咧咧的说话风格。

所以让我们最舒服的关系，一定不是充满伪装的关系，而是能够在这场关系中轻松地做自己。

所以，我多么爱和那些真正的朋友在一起时我的样子，因为那才是百分之百的自己——一个大嗓门的女汉子，一个私底下喜欢看点书但聊天时只想聊柴米油盐的伪文艺青年，一个长相平平、身材中下、永远可以自嘲却不必担心他们看不起的"loser"。

不必质疑自己是不是说错了话、头发乱不乱，不必想尽办法去迎合一个我完全不懂的领域与话题。

甚至，不必担心自己付出过多而被厌弃，不必左右衡量在感情里的得失。

也是他们让我懂得了，不管有多少人辜负你的真心，曲解你的真话，误读你的真意，轻慢你的真情，你还是要勇敢地、坚强地做自己。就像从来没有被辜负、曲解、误读、轻慢过一样。

有人曾问过我：“爱是什么？”我想说：“爱——因为这个人我更迷恋这个世界。”

我知道你不完美，甚至有时候很糟糕。但我仍然热爱你，就像热爱同样不完美甚至有时候很糟糕的自己。

并且，我还愿意和你一起，成为更好的人。

祝我们身边都有这样的人——一起顽强地对抗这个世界的冰冷和残酷，一起温柔地拥抱这个世界的慈悲和善意。

我对你仍有爱意，我对自己无能为力

我爱你爱到不自私的地步。

就像一个人手里一只鸽子飞走了，

他从心里祝福那鸽子的飞翔。

——王小波

1.

我收到过好多女孩的留言，因而看到了好多关于“念念不忘”的故事。

原来有这么多人被囚禁在过去的牢笼里，做着似乎毫无希望的梦，等一个似乎永远不会抵达的人。

所以今天，我一定要给你讲一个好的故事。

2.

去年夏天，我见到了一个十年未见的老同学。

说来世界真小，我们竟然是在火车站的候车大厅里遇见的。

虽然十年未见，但这么多年里，大家都不玩 QQ 空间的日子里，我唯一经常去看的一个 QQ 空间就是她的。

因为她的空间，就是一本情书。

那个男生，是我们隔壁班的。我见过，既不是学霸，也不是校草。

但感情哪有什么道理啊。

何况再平凡的人，也有光芒万丈的时候。这光芒，来源于爱人的眼眸，和一个人的绝对魅力其实全然没有关系。

那时候，我们坐前后座，下着雪的冬天，她兴奋地跟我说："我告诉你一个小秘密吧。"

我说好。

于是她给我看了一封信。那大概是她写给那个男生的第一封信。

下着雪的初冬，她带我走在薄薄的雪地上，哈着冷气对着天空许愿。

她跟我说起这场暗恋的起源。微风沉醉的春日，期末考试的最后一科，一层狭窄的楼梯上，她跑得太快，直直将他撞倒。她不好意思地道歉，可他只拍了拍自己的书包，温柔地说了句："没事，考试加油噢！"

她说他的目光像星辰一样闪闪发光，而他的声音，从此再也没有走出她的耳蜗。

那时候，十年前，我们没有手机，更没有时间上网，所以她用手写了一封又一封的信，也不给他，就放在抽屉里。

高中毕业之后，她开始在 QQ 空间里写日记。全班人都知道有那么一个人存在，但除了我，没人知道是谁。

她每一篇日记都是这样开头："嗨，好久不见，你最近好吗？"

那长长的日志列表里，是一个少女最炙热的心思。甚至，她已经不是少女了，可那心思仍然灼热如倾城日光。

她说："今天是上大学的第一天，我想象在另一个城市读书的你，有没有开始全新的生活呢？"

她说："我加入了新的社团，在路边看到一个男生，背影太像你，于是我好不容易才忍住，没有上前拍拍他的肩膀。"

她说："我准备考研，太累了，但想到能离你再近一点，便觉得辛苦一些也没有关系。"

她说："我考研失败，只好去找工作。我投了好多简历想去你的城市，但所有的简历都石沉大海了。"

她说："最近工作好辛苦，也不知道你研究生毕业之后会去哪里。"

3.

我突然想到了自己很喜欢的那个电影*One Day*，安妮·海瑟薇演的女孩喜欢了男主角好多年。

他们在不同的场所见面，但从未走到一起。

她看着他换女友、结婚，随后又离婚。

她看着他和不同的女生恋爱，而他们，似乎从来没有结果。

我看着电影里的她，从一头蓬乱长发的女学生，到越来越精致的短发模样。

她在酒会上一袭旗袍，眼角波光流转。看向她的人那么多，可她的眼睛里，从来都只有他。

还有她的心里，也从来只有他。

她对他说过最绝望的一句话是："我还爱你，但我不喜欢你了。"

就像你是我的美梦，但我从未舍得醒来。

4.

我问过她，你为什么不去联系他试试呢？

她说，这就像考试查成绩一样。我不查成绩，才可以自欺欺人自己考得很好。

换句话说："没有消息就是最好的消息。"

那你什么时候打算放弃他呢？

她说，不知道啊，大概等他结婚之后吧。

遇见这样的女孩，我总是无法劝她。因为感情终究冷暖自知，任何隔岸观火的安慰都治愈不了一颗孤独的心。

我看过所有一厢情愿的等待，但我从不知道今天的梦境能通往怎样的未来。

有时候我以为能等来你，却不知道那是要多久之后的事情了。

我不是个情感咨询师，但我对一切的爱怀有深深的敬畏，而我更希望自己，永远葆有对爱的慈悲。

那天的结束，我看着她在人海深处消失的背影，只想祝福她。尽管这份祝福她并不在意。

时光拉回到十年前的那个午后，她悄悄地把一封信放进我的手心。

字迹清秀，写得最清楚的不过是三个字——那是他的名字。

人山人海后，我仍看见你。

千言万语中，还是只有你。

打出来这段往事的时候，我觉得它像一部日式电影。

没有高潮和低谷，也没有惊天动地的背景音乐，但又那么那么真实，像千千万万个你和我的青春日记。

我们都曾那么一厢情愿地爱过，却只看着这情深义重流逝于沙一般的岁月。

5.

可就在前几天，好久没上 QQ 的我打开朋友动态，赫然入目的竟然是她和一个男生的合影。

我还没来得及点开大图看看男生的模样，就被她的文字惊呆了。

她说："我终于和你站在了一起。"

我疯狂地去看了她最新的日记，才知道她年初跳槽去了北京，那是他在的城市。羞怯如她，仍然没有去想办法联系他。

可某一天，我们的高中同班同学举办了一个北京同学聚会，她原本不是个爱热闹的人，但那天刚好一个项目结束，累得要命想要休息一下，于是就去了。

没想到一推开餐厅包间的门，就看见了那个梦寐以求、她在脑海里刻画了千遍万遍的侧影。

她呆呆地站在门口，另一个同学一边热情地拉她入门，一边指着他说："这是高中咱们隔壁班的，你不认识吧，叫 ×××，也在北京工作，我们两家公司一直合作，所以就……”

她佯装平静，走入洗手间，关上门后捂住脸失声大哭了起来。

她后悔自己哭花了妆却没带任何化妆品，她后悔自己刚出差回来就急匆匆地跑来聚会，于是衣服那么朴素，她甚至不知道自己刚才呆头呆脑的表现有没有被他看在眼里。

可是当她沮丧地走出洗手间，看到他恰好也在时，他轻轻地说了声：“嗨，好久不见，最近还好吗？”

原来他一直认识她，原来他还记得她。

她忍住眼眶里想要喷涌而出的热泪，只说：“还不错呀，你呢？”

我在电脑的这一端看着他们俩的合影，突然也想和她一起流泪。

后来的故事归于平淡，于别人看来不过是一场借同学聚会而相逢相识继而相恋的故事，可只有我，为这 11 年里她的坚持与张望而暗暗惊心。

命运赐她一个大礼，而她值得拥有等待过后的一切奇遇。

我们看那么多的爱情指南，可回归自己的生活也不过是最无奈的两句话：“我对你仍有爱意，我对自己无能为力。”

祝福所有的你，能等来那个人的一次惊艳回眸。

哪有无缘无故的点赞，还不是想被你多看一眼

当人生行至尽头时，我们回顾一生所为，最大的痛苦一定不是“失败”，而是“我本可以”。最大的遗憾也一定不是失去，而是“我为什么没试试呢”。

1.

燕公子写过一段话，大意是我们现在的时代多容易了解一个人啊。以前刚认识一个人甚至要靠搜索引擎去寻找他的信息，而现在，把朋友圈翻一遍，就可以了解个大概了。

在两个人尚处于暧昧期时，朋友圈也成了最早泄露秘密的地方。朋友们以前八卦，八卦的是：“哎，他俩居然一起上自习哎。”而现在，大家的八卦变成了：“哎，你看她的每一条朋友圈，他都点赞哎。”

是啊，每一个点赞，每一条回复，哪有那么无缘无故的。

我对你生活全部的兴趣，不是对“生活”，而是对“你”。

所以就算你只是分享一个链接，我也能绞尽脑汁，力图让回复

更有新意。

所以就算你拍的照片再丑、发的东西再无聊，我还是想第一时间跑过来赞你。

2.

某天和朋友聊天，突然提到了回忆里一个熟悉的名字。咳咳，连我都差点忘了，自己还有一段“倒追”的往事呢。

当时刚上大学，某个周日有选修课，我进了教室找了个座位放下书包，准备先出去上个厕所。就在教室门外的走廊里，一个男生正迎面走来。

天哪，那一秒钟我的心跳加剧了 300 下，瞬间体验到了“一见钟情”的感觉。

我继续假装淡定地往前走，带着继续狂飙的心跳声。在厕所里，我一直在懊悔，谁知道以后还会不会遇见他，我刚才为什么不转身跟着他，看看他去哪里呢？

但我那天一定是太幸运了——因为当我充满悔恨地走进教室坐回座位上的时候，我看到，坐在我前面的，不是别人，正是他。

我看着他的背影，没犹豫多久，就勇敢地戳了戳他，一本正经地搭讪了起来。

虽然我问的第一句话是“同学你好，上节课我没来，你有没有拷课件啊”，但很快我们就从他的学院聊到了他的籍贯，还从他的年龄聊到了他的爱好。

最遗憾的是，我还没来得及留下他的名字和手机号，他就仓促地翘课走了——仓促得我都不便同时翘课跟上他。

可努力如我，还是通过各路人马多方打听出了他的手机号，然后勇敢地发出了短信。

你们知道当年靠发短信追男生有多困难吗？又没有表情包，又不能发图片，想要在短信里营造出一个人格，简直太难了。

幸好我鼓足勇气问出了他的QQ号，才结束了我们略显尴尬的短信聊天。

又幸好我经常鼓足勇气找他出来吃饭，才结束了更显尴尬的QQ聊天。

3.

讲了这么多，你差点也忘了我还是个单身狗吧。所以，这其实还是一个失败的倒追故事。

他在我们认识的第二年有了女朋友——不是我。

为什么要讲起这个失败的故事？是因为总有人发私信问我有喜欢的人要不要告白，我也总是回答说要。

18岁那年，我觉得最酷炫的是跟他说，我那么喜欢你你喜欢我一下会死啊。好几年过去了，还是不后悔那样做。表白被拒什么的一点儿都不丢脸，就像很努力地复习但与那个学校擦肩而过，很认真地寻找但空手而归一样，一点儿都不丢脸。世界很乱，遇见喜欢的人或事多么不容易啊。如果是我，一定让他知道。

我早已不是18岁了，也没有再对谁一见钟情过。虽然积累了太多的爱情攻略，看了更多的追爱秘籍，当年的勇气却平白无故地消失了。

大家都说女孩子要矜持不能太主动，可是为什么不能主动呢？

比起被拒绝，我更害怕的是我们再也没有机会把自己的真心话说出口。

你看那么多催泪的青春电影里，大家哭得最惨的时候就是看到他们都分开了才告白。《我的少女时代》里徐太宇和林真心宁死却不告诉彼此心意，非要熬到多年之后重逢之时。

可是现实生活哪是电视剧啊。现实生活中的多年之后，林真心或许还是林真心，可徐太宇一定会变成仍然单身的言承旭吗？他说不定早已娶了别人还儿女成群了呢。

那些心绪的千回百转都成了残羹冷饭，一个人的独角戏有什么好看。

比起担忧被拒绝的丢脸，我更害怕的是我从来没拥有过一段真挚又坦白的青春啊。

尽管那是一次失败的倒追，可我多么怀念当时的那个我。

当时在教室轻轻戳了一下男生后背，笑着说了一句“你好呀”的我，当时在床上辗转反侧才酝酿出一条短信的我，在最美好的年华里一身孤勇奔向他的我。

如果我没有走上前去，也许我 80 岁时还在想 18 岁这年擦肩而过的少年。毕竟之后的那么多年，我都没有再一见钟情过。可是我走上前去了，发现他和所有 18 岁的年轻人一样，有优点也有缺点，有温柔心也有坏脾气。他让我体验了等待的焦灼，也体验了偶尔的甜蜜。他没有和我在一起，和我在走廊上遇见他一样，也许都是天意。

好几年过去了，我们像大多数同学一样，渐渐失去联系，当年被拒绝的痛苦也早就烟消云散了。我想起那段短暂的时光，仍是全无遗憾。

就像我以前写过的：

“当人生行至尽头时，我们回顾一生所为，最大的痛苦一定不是‘失败’，而是‘我本可以’。最大的遗憾也一定不是失去，而是‘我为什么没试试呢’。”

余秀华在她的诗《人到中年》里说：“能够思念的人越来越少，我渐渐原谅了人世的凉薄。如果回到过去，我确定会把爱过的人再爱一遍，把疼过的痛再疼一遍。”

所以还在等什么呀姑娘们，喜欢他就去找他呀。你可以在朋友圈里尽情地点赞，尽情地回复，也可以摆出最美的姿态站在他面前。

就算他一点儿都没有为之心动，也没有什么好丢脸的啊。

大不了我们自我安慰一句，愤愤然地说一句：“他看不上我，一定是瞎了吧。”

4.

我有一个直男朋友，他老抱怨自己没对象，他说自己喜欢的女生一点儿都不喜欢他。

在我的一番追问之下，我才知道他和女孩的日常聊天模式是这样的：

人家跟他说，今天天气好好。他只会说，是的，最近受来自太平洋暖流的影响，整个华北地区的气温都呈上升趋势。人家女孩就不说话了。他莫名其妙，根本想不到女孩是想他约她出来一起走走啊。

人家跟他说，桂林真美。他只会说，那个地方可是经过了上亿年的地质演变，才形成了独特的喀斯特地貌呢。人家女孩又不说话了。他又莫名其妙，压根儿不知道人家女孩想听到的是，你想去那里玩吗，我陪你啊。

说真的，跟他说话确实长了不少知识，可是方式呢？

所以我还想跟你说，其实我们在爱里都一样笨拙。有时不是爱错了人，只是爱的方式不对。

这世间情意千变万化，都敌不过这一秒的勇者无敌。你更勇敢一点，还是他更勇敢一点，只要殊途同归，都没关系啊。

5.

我很喜欢的日本小清新电影《海街日记》里面有我超爱的女演员长泽雅美。在电影里，她问妹妹："你有喜欢的人了吗？"妹妹说："还没有。"她又说："那快点找一个啊，你的世界就会变得不一样哦。"

妹妹问："会变成什么样啊？"

她说："就连无聊透顶的工作也能够忍受。"

希望你也能找到一个喜欢的人，喜欢到连所有无聊透顶的工作都能够忍受，甚至连无聊透顶的人生都能忍受。就算还是不能够忍受，也在翻朋友圈时有无数的赞可点，有无数的状态可以任意回复。

听说你也失恋了

总有一天，你再回头看，一切都已云淡风轻。

我很少很少回邮箱里密密麻麻的邮件、私信与留言，虽然每条都看。

因为少年时的迷茫、困顿几乎是每一个人的雾与山河，很难用一句回复来指点迷津。今日荣就，转瞬变成负累，任何指点都不如你亲自去穿越那雾与山河。

回复过的“很少很少”的一部分，我都给了“失恋信件”。

那些“失恋信件”里通常是长篇累牍的控诉、倾诉与求助。两个原本是陌生人的人，相遇都是电光石火的美好，相处都是细水长流的祈愿，结局却连再见都没好好说出口。

吵架、撕扯、复合、决裂……心像春日里落在地上的花瓣，被反复碾压，最后过往的光亮和温情全都变成了一地狼藉。

她们问我："伊心，你明白我的感觉吗？"

我明白的。

我当然明白，一个字——疼。

五个字——特别特别疼。

离我最近的一次失恋，我还记得。

食不下咽、夜不成寐的感觉好像都模糊了，最清晰的感觉还留着，就是疼。

真疼啊！

心被撕扯成了千万块，每一碎块上都是一个熟悉的名字。你第一次觉得眼前怎么会出现幻影，他的样子像附在了视网膜上，每一次眨眼都能被那刺痛逼得泪流。

那些碎块再翻过来，是另一个人。

他爱上的另一个人，巧目盼兮，眼波流转。

爱上另一个人的他，殷勤至极，宛如新生。

他失去了在你面前表现的残忍和冷酷，却在她面前重新变回了一个深情的少年。你甚至无法去回忆他曾经也这么深情地对待你，怎么转眼之间就乾坤跌转，再也无能为力。

这世界上最不公平的事情，就是在感情上的付出与回报。

你挖出一颗仍在跃动的真心走上前去，他看也不看，转身便走。

真疼啊！

那种疼和任何身体的疼都不一样。有时候是钝的，钝到让你误以为自己已经好起来了。有时候又变得那么锋利，像活生生扎入身体的利刃，让你发现整个世界都是他的消息，一看到就无法呼吸。

最残忍的是，你再疼，都无法换回他的怜惜。

可就算这样，你仍然寄希望于他会回来。

你幻想着他回来，然后你会忘记一切，你仍然爱他。

可是当然没有。

多少个日日夜夜，他大笔一挥，拂袖而过，全当没有过。

这就是这个世界上最不公平的东西——感情。你再也不能通过努力就得到它，你付出了全部，却只换来一个血淋淋的伤口。

还有一种疼，是两个人被迫分开。

家庭、距离，甚至说不清道不明的命运。你们仍相爱，却只得咫尺天涯。烟山灰灰，锦水汤汤，就此诀别。

我见过分开数年仍然在苦苦思恋着彼此的两个人，问他们，为什么要分开。

他们皆悲伤叹气："你不懂，你不懂的……"

我不懂他们为何要这样，但我懂得他们隐隐含泪的双眼。

失恋，除了疼，还有苦。

万般皆苦，失恋更甚。

这个世界上，早就没有人会因为心碎而死去，所以再疼再难，你还得衣冠楚楚甚至容光焕发地活下去。

没人知道，你华服之下，是捂着血的伤口，你笑容之上，是汪着泪的瞳孔。

我记得那是个春光大盛的白日，我和朋友走在路上，我以为我已经佯装得足够正常。

可她说："你怎么了？我怎么看你的脸有点扭曲？"

我慌忙地想要挤出一个正常的笑容，来为自己行尸走肉般的样子画皮，却只能颓然放弃。

失恋太苦，因为无药能治。你不能愤怒，不能咒骂，也很难倾诉，因为没有用。

所有人都会轻描淡写地安慰你："你会遇见一个对的人。"

却没有人告诉你——我到底该怎么忘记这个错的人。

那些"失恋信件"里，还有一个最难的问题："伊心，我不想再这样下去了，我该怎么办？"

我从来没有回答过，因为那些答案其实一点儿用处都没有。

你还是很疼，还是很苦，还是得一个人孤独地穿越冰河，最温暖的太阳都照不亮你心里的黑洞。

可我这次，还是想告诉你几条答案，因为我太心疼这样的你，我怕你和当年的我一样，不过是失去了一个渣男，却失去了俘获整个世界的野心。不过是灭掉了一段孽缘，却灭掉了所有对于真爱的坚信。

我只说三条答案。

1. 好好吃饭

失恋之后，我从吃货变成了厌食症患者，眼前放着再好吃的东西，我都咽不下去。在食堂打的饭一整盘倒掉。

那段时间，我靠喝水活着。

连续数天食不下咽，胃病很快就找了上来。心伤很苦，可胃病也苦。吃药、治病，胃疼好了一些，食欲仍然没有回来。

后来，每天中午和我一起吃饭的是一个舍友。整个宿舍，就我俩是同一个专业。

我记得她坐在我对面，看到我病恹恹地放下筷子，只跟我说："你不能这样，再吃点儿吧。"

有的时候没有课，我在宿舍里，像鸵鸟一样窝着。

她给我带回饭菜，看着我，逼着我吃掉。甚至像哄孩子一样跟我说："行，你再吃一点米饭就放过你。"

好几年过去了，当年所谓前任的鬼模样我一点儿都记不清了，对她的感激却此生不渝。

这世间最深重的情意也不过如此。毕竟这世间最花言巧语的安慰都抵不过一个温柔守护。

那具靠喝水活着的行尸走肉，就这样被她重新输入了血肉与意志。

所以我想像她一样，跟你说："好好吃饭。"

就算再苦再疼，你也要逼着自己咽下眼前的饭菜。

吃好了饭，才有力气难过。吃好了饭，才有力气重新投入与这个世界声势浩大的搏斗。

多少年后，我不遗憾因失恋而伤心，只遗憾因失恋而损害了身体。

你，一定不要这样。

2. 往前走，别回头

失恋最怕旧情复燃、藕断丝连。

情字当头，人总会不舍。所以午夜梦回时，你又忍不住找他。

听我的，没错。

才女鱼玄机曾与李忆恋爱，得知李忆已娶妻，只能纳她为妾之后，她伤心愤怒，要与李忆分开。

但敌不住李忆在门外苦苦哀求，她心软复合，随后一切命运的颠簸迷离就这样开始。

她被李忆的妻子羞辱鞭笞，怒骂暴打。李忆随后远走他乡做官，连告别都未曾与她言说。

她入道观，扼死后来的情敌，被当众斩首行刑，就这样毁掉了自己的一生。

我总是想，当时若她足够坚决，没有那次的心软复合，会是什么样的命运?

鱼玄机的故事太过文学化，可我也知道，恋爱中最难舍弃的就是你付出的一切。你付出的一切都变成了“沉没成本”。

你不习惯孤独中的黑夜，于是想回头重新看看那个人。

你手一滑就点开了与那个人的聊天界面，又不小心发出了几个字。

如果你们还有感情，那么复合也可以，但如果这段感情已经再无挽回的可能，听我的：忍着，忍住联系他的冲动。

忍不住就再忍忍，直到你再也不需要忍，直到你习惯了没有他的生活。

总之，别回头。回头也许不是天堂，也许是更深的深渊，或者地狱。

你要往前走。

3. 做一切事情去分散注意力

失恋那年，我曾在某一间自习室里待了整整一年，之前好几年没背过英语单词的我终于背完了那本考研英语单词。

我睡不着觉，早晨不到六点就醒了，只好起床跑步。越跑越轻盈，越跑越平静。

我不愿意一个人待着，于是去人来人往的图书馆看书。文学书架上的书一本本翻过去，我都不知道自己到底是被书中的谁治愈了。

我去了几个地方旅行，去见了好久没见的朋友，吃了梦寐以求的美食。

所以，想跟你说，失恋了，哭是难免的，形容枯槁也是难免的，但你别一个人待着，否则以泪洗面，越来越绝望。

天助自助者，你要做一切事情去分散注意力。

出门，去人多的地方走走，这世间总有一款烟火能重新打动你。

设定一个学习目标，用尽全力去达成。别光顾着伤心，也照顾一下工作和学习。

健身、运动，与其流泪，不如流汗。

旅行、读书，你能见到一个更宽阔的世界，见到更多人的苦难，见到他们如何从苦难中重生。

失恋没有治愈的良药，但你一定可以通过重建忙碌、充实、饱满的生活而治愈自己。

很久很久以前，我也写过“失恋信件”，给我喜欢的一位专栏作家。她那时也不过 20 多岁，和我现在的年纪相差无几。她在邮件里回复我：“总有一天，你再回头看，一切都已云淡风轻。”

就靠着她这句话，我熬呀熬呀。

某一天再回头，过往的血肉模糊都已悄悄愈合。

一切似乎尚未云淡风轻，但我真的已经不疼了。

如果你还疼，跟我念这段话：

“我可是自己故事里的女主角啊，怎么能被甲乙丙丁伤害？我可是一个坚不可摧的人哪，怎么能被失恋一次打败？”

如果一遍不行，来，跟我念两遍。

我相信你可以的。

如何优雅地杀死前男友？

这世间所有的报复，都是在惩罚自己。

1.

上学的时候，我曾在选修课上，和一位老师对外做过一项心理调查，关于“你有没有在某一时刻想要杀死一个人”。

并不意外，所有的受访者都曾在某一时刻有过杀死别人的冲动。

冲动的对象，有时候是一个可恶至极的同事，还有为数不少的人，有着杀死前任的冲动。

我们在虚构的小说、电视剧中看过各种令人发指的爱情背叛，当然，现实中，有过之而无不及。

遥远的，有王宝强的前妻及其经纪人，那场离婚中的种种事件气得我们这些八竿子打不着的外人，都要愤愤难平。

近的，是我一个同学。她遇见渣男，那人不仅在外勾三搭四，还坑骗了她的钱财——说他创业资金周转不灵，于是她慷慨解囊，殊不知他一转身就用这些钱给别的女人买了名牌包包。

她一直懵然无知，直到他的“小三”和“小四”反目成仇，闹到了她的面前。

现实生活远比电视剧还狗血，他竟然连面都不敢露，从那之后如同人间蒸发一般，不知将自己藏在了何处。

那次的心理调查，我收集了几十份这样的案例——前任已经结婚，却骗姑娘说自己还是单身；姑娘捉奸在床，前任还在说“我们只是朋友”。

更多的是移情别恋：爱上了别人，然后只告诉姑娘“我们不合适，分手吧”，任凭姑娘百般自责，懵然无知自己究竟做错了什么，还卑微地想要去修复这段感情……

有一个姑娘的留言我看着戳心，她说前任背叛，她恨得咬牙切齿，那位前任竟然说：“你应该感谢我，你以后再也不会遇见更大的伤害了，我让你变坚强了……”

说真的，我们都见过不要脸的人，但还真没见过这么不要脸的人。我真想替她回骂几句，隔着屏幕都能感受到渣男冲天的渣气。

她说，她曾经想去百度上搜索：“有没有不为人知、不着痕迹地杀人的方法？”

2.

最近，大家都在看一部日剧《贤者之爱》，女主角被闺密抢了男朋友，而闺密用的是最残忍的方式来告诉她：“我怀了他的孩子，你把他让给我吧。”

女主角让了，并且还和他们继续做朋友。当然了，从闺密的儿子出生那一刻，她开始了花样复仇——你睡我的男友，我要睡你的儿子。

对于这场预谋了 20 年的“阴谋”，说真的，我看的时候一点儿都没有感受到复仇的痛快，感受到的全是遗憾。

她年过四十仍美丽动人，她优雅文艺，走在人群中自带气场和光。

即便被渣男和“小三”闺密所害，她还是会遇见真心爱她的人。她可以和 20 岁的小鲜肉恋爱，可那原本应该出自真正的爱，而非报复。

在这 20 年里，我心疼她从未有过一丝一毫的宁静，和本该属于她的快乐。

回到我那个同学的故事。

我听到的时候，简直想和她一起去捏碎那个人的头颅，可她没有。

像她这样谈恋爱时对男友的行径全然未察觉、毫无防备的“傻白甜”，这次倒是冷静得让我刮目相看。

她想办法追回了那个渣男骗的钱财，用合理的、公开的、公正的方式，除此之外，没痛恨咒骂他，也没扇他巴掌。

用她的说法——钱，该是我的，我必须要回来，余下的，他不配我多说一句话。

不得不承认，真漂亮!

3.

你要问如何优雅地杀死一个人?

我想说，没有办法杀死一个人，唯一的办法是我们更潇洒地活着——就仿佛这个人从来没有过痕迹。

这世间所有的报复，都是在惩罚自己。

你值得拥有更好的人和更好的人生。沉沦于恨与报复，才不是最好的选择。

而他无法拥有你，无法赞许你，无法陪伴你走过光亮丛生如星河一样的人生，我为他感到莫大及至无穷的遗憾。

应该遗憾、应该痛苦、应该此生沉沦不起的，是他，而不是你。

而你，应该继续相信爱、相信美好、相信这世间总会有人捧你在掌心、待你如初见。

不过，我允许你最后恨他一次，最后痛哭并咒骂他一次，但这一次之后，我只允许你继续美丽如初。

你那么美，那么酷，谁也挡不住你。

还有，你根本不用杀死他，因为这个人，无须你动手，一定会被命运亲自了结的。

请你和我一起相信，爱无处不在

人生多么漫长，他却在爱和怀念里，耿耿于怀，一生未忘。

从2011年开始，每个平安夜我必须要做的一件事情就是看《真爱至上》。这部云集了英国老少男女戏骨们的电影，是最当之无愧的温情片。

2011年，我还在济南上学。学校旁边是漂亮的洪楼教堂，我和舍友们一起去参加教堂的活动。唱诗班女孩的声音清澈嘹亮，旁边座位上满头银发的老奶奶握着我的手说："祝你平安喜乐。"

我像收到了一份巨大的礼物，慢慢地攥紧双手走在回学校的路上。那么多新鲜的、年轻的面庞，像温柔流动着的河流，走向四面八方。

那时候我心里空无一人，也许正是如此，被这部电影感动的时候才那么坦澈清亮。

那一年凯拉 · 奈特莉还没有出演电影《安娜 · 卡列尼娜》，她还是我心中那个《加勒比海盗》里总督的女儿，还是《傲慢与偏见》里那个捧着书走过英国田园的少女，有着精致、摇曳的美，浪漫又长情。

《真爱至上》里，她被男友的朋友暗恋。他从来没告诉过她，她也一点儿都不知晓。但他终于决定在平安夜告白，用一堆手写的卡片，像古老的默片。这段告白如此经典，以至于每个人阅后难忘。

他们最终没有在一起，可他却说："Enough,It's enough."（足够了，这样就足够了。）谁都无法否认，这也是爱的意义。

看着她懵懂的表情和他突然含泪的眼睛，让人不禁想，一个人最幸福的时候到底是爱还是被爱？我也不知道，但我为她开心，因为她的一颦一笑皆被记取于心，她的一生一世皆被温柔祝福。我也为他开心，因为这个并非皆大欢喜的故事，其实有了最温馨的结局。

2012 年，那年太忙了，什么节日都没过，每天累得眼花缭乱，颈椎病也是那时候落下的。可我还是在平安夜的最后两个小时打开了这部电影。

我记得艾伦 · 瑞克曼，他是《哈利 · 波特》里最亲爱的斯内普教授。

当时才上高中，《哈利 · 波特》出到了第六部。剧情已经跌宕起伏，战争已经逼近白热化，我的同桌卢慧信誓旦旦地跟我说："我赌他一定是个好人。"是啊，他那么深沉，教最恐怖的黑魔法，可谁也看不透那双眼眸是正是邪，是爱是恨。

第七部出来的时候，我刚刚高考完，等不及中文版上市，在闷热的暑假边查字典边看新鲜出炉的英文版。我终于看清他的故事，看到他用漫长的时光去守护哈利的妈妈——他自孩童开始的初恋，又因为她临死前的嘱托继续守护着哈利。他付出了一切，甚至生命。

人生多么长，他却在爱和怀念里，耿耿于怀，一生未忘。

我看《真爱至上》的时候，他好像更老了一些，眉头有了皱纹，眼里也有了沧桑。但他还是我亲爱的大叔，不够英俊，却足够有爱。去年 6 月，他去世了，大家都说……

再后来的 2013 年，我研三，校园生活临近尾声，找到了工作，对新的城市、新的生活充满了想象。那年冬天好暖，我记得自己终于有了大段空闲的时间。

闲来无事去上钢琴课，年轻的钢琴老师和我在门口作别，她说你的指甲好美，而其实那是我第一次有耐心地坐在小店里做了一次美甲。她那么好看，弹琴时手指在琴键上翻飞，让我觉得惊讶艳羡。

彼时我同样没有爱人，但多少次这样接受陌生人的暖意，心里是整饬又饱满的温柔。它们像碎屑，填满我原本空落落的生活，直至春天的日光终于倾城。

那天宿舍楼外很多人在放烟花，我刚买了一顶贝雷帽，舍不得摘下来，站在阳台的风里静静地看一朵朵彩色花瓣绽放在半空中，背景音乐是这部电影里的主题曲 *All I Want For Christmas*。楼下情侣们三三两两地走过，冬日无雪，但一情一景的浪漫，全然没有因无雪而褪色。

我转身看到电影里，那个鼓动小儿子要勇敢的爸爸。他独自带着孩子，担心父子关系会生疏淡漠，但我知道他给了孩子最温暖的爱。

人生从来不因失去而遗憾，遗憾的是有些爱，我们没有说出口；有些事，我们始终都没敢去做。

2014 年的平安夜最是温馨明亮。当时在军训，我们已经在冰天雪地里待了近一个月。每日晨醒，是冬季最深时清寒的风和朝阳。每晚睡下，都能听见呼啸的风声。

三十多个女生一起住大通铺和行军床的经历大概此生也就一次，穿着单薄军装冻得哆哆嗦嗦站军姿的经历此生也就一次了。

那一个月里，我们没有电视、没有 Wi-Fi、没有电脑，手机经常失去信号，连洗澡都要走到很远的地方。但我们挤在一张床上一边排练歌曲一边大笑，争先恐后地去食堂抢饭，包水饺时互相抹花了脸。

我同事兼舍友的生日恰是这天，我们在圣诞晚会后给她准备了惊喜。几个女生一起热泪潸潸，为了遇见，为了欢笑，还有那些稀薄却珍贵的懂得。

我没有网络看《真爱至上》，可是它片头那段独白我还是看了一遍又一遍：

“每当对世界的现状感到担忧，我就会想到希思罗机场的接机厅。那么多人认为我们生活在一个充满欲望和仇恨的世界，我却不这样想。我认为这个世界仍然满怀爱意。爱，无处不在。通常它并不光辉夺目或者具有新闻价值，但它始终存在——父子、母女、夫妻、男朋友、女朋友、老朋友。你知道吗，‘9 · 11’发生的那天，飞机和大楼里那些迎接死亡的人留给这个世界最后的只言片语，不是憎恨，不是复仇，而是爱。只要你用心去看，你会发现，实际上，爱无处不在。”

我明白的——爱，真的无处不在。